いたずらロバート
Wild Robert

ダイアナ・W・ジョーンズ　作
エンマ・C・クラーク　絵
槙　朝子　訳

復刊ドットコム

いたずらロバート　目次

Japanese language edition published by Fukkan.com, Publishers, Tokyo.
Printed in Japan

1　メイン館《かん》とヘザー

ヘザーはごきげんななめでした。夏休みがはじまったばかりだというのに、自転車がこわれてしまったのです。だから、村に住む友だちのジャニーンのところに、遊《あそ》びにいけません。村まで八キロありました。行きも帰りも八キロ歩《ある》くか、それがいやなら、家でじっとしているしかありません。またヘザーの家は、とくに夏のあいだは、わが家とはいえませんでした。ヘザーは、一般《いっぱん》の人が見物《けんぶつ》できる、メイン館《かん》という名の立派《りっぱ》な館《やかた》に住んでいました。ヘザーのお父さんとお母さんが、ここの管理人《かんりにん》をしていたからです。

夏のあいだ、毎朝十一時三十分になると、古い馬小屋のわきにある駐車《ちゅうしゃ》場《じょう》は、自家用車や、ワゴンやバスでいっぱいになりはじめます。見物客《けんぶつきゃく》が車からおりてきて、館《やかた》にも庭《にわ》にも、そこらじゅうにあふれます。ひとり静かにいられるところは、ほとんどなくなります。ヘザーのお父さんもお母さんも、お客さんに建物《たてもの》の中を案内したり、急な用事ができたりして、ヘザーにかまっているひまはありませんでした。

その日、ヘザーは時間をまちがえていました。朝ご飯《はん》のあとからずっと、おもしろくないけれど読んでいた本から目をあげると、時計が十時半をさしていました。よかった、とっておきの場所へ逃《に》げこむのに、あと一時間ある、とヘザーは思いました。お客さんがく

る前に、古い塔《とう》のてっぺんへいこう。そこは大勢《おおぜい》の人がのぼるには、危険《きけん》だということになっていました。あそこなら、本が読めるし、昼《ひる》ご飯《はん》を食べながら、丘《おか》や、木におおわれた谷間《たにま》が見わたせます。ジャニーンといるほどは楽しくないけれど、よく晴れた日には悪《わる》くない場所でした。見物客《けんぶつきゃく》も見えないし、うるさい声もあまり聞こえてきませんでした。

まず、昼ご飯をとってこなくてはなりません。見物客のくる大きな白壁《しらかべ》の台所の、うらてにある小さな台所へいって、ヘザーは冷蔵庫《れいぞうこ》をあけました。

「あーあ」ヘザーはがっかりしました。サンドイッチをつくるとしたら、ツナか、かんづめのハムしかありません。そのうえ、トマトまでないのです。トマトか果物《くだもの》がほしければ、庭《にわ》にいって、年とった庭師《にわし》のマクマナスさんに、お願《ねが》いしますと頼《たの》むしかありません。マクマナスさんのむっつり顔は、見たくありませんでした。かわりに売店をやっているミムズおばさんのところへいって、ポテトチップスかビスケットをもらうことにしました。ヘザーはかんづめのハムよりマクマナスさんのほうが、もっときらいでした。

ヘザーはツナ・サンドイッチを六つ作って、紙《かみ》ぶくろに入れました。大きな台所から本をとってこようとしたとき、ざわざわいう声が近くで聞こえました。車のとまる音や、砂利《じゃり》のきしむ音が、厚《あつ》い白壁《しらかべ》をとおして聞こえてきました。

「わっ、いやだ」ヘザーは駐車場《ちゅうしゃじょう》を見わたせる廊下《ろうか》へ走っていきました。ひし形の窓《まど》からは、もうかなりの数の自動車と、バスがすくなくとも一台、とまっているのが見えました。見ていると、もう一台バスがはいってきて、カメラをぶらさげた人たちがおりてきました。「どうしてこんなに早くからやってくるの?」ヘザーはまだ、時間をまちがえたことに気がついていませんでした。

バスからおりた人たちが、アイスクリームを買いに売店につめかけるまえに、ミムズさんのところへいくのはむりでした。そこでヘザーは、まっすぐ塔《とう》へむかいました。うらの廊下をいけば、円形の部屋を見おろす回廊《かいろう》にでます。塔へあがる石の階段《かいだん》は、その部屋のすぐ横です。でも、まにあいませんでした。回廊《かいろう》へつくまえに、見物客《けんぶつきゃく》の足音が聞こえました。お父さんの声がひびきわたっていました。

「今みなさんのいらっしゃるこの場所は、館《やかた》の古い部分です。ここは初代の男爵《だんしゃく》ヒュー・トラーによって十二世紀《せいき》初めに建《た》てられました。わたしのうしろに見える石の階段《かいだん》は、その息子《むすこ》ウィリアムが建てた物見《ものみ》の塔《とう》へつづきます」

ヘザーは回廊のてすりにもたれて、ひしめきあっている顔がみんな、お父さんのほうへむけられているのを、見おろしました。お父さんが片足《かたあし》を階段にかけてしゃべりながら、なれたようすで、階段にはられた赤いロープをくぐろうとした男の子をつかまえるのが、目にはいりました。

「おっと、ぼうや、あがってはいけないよ。この塔はあぶないし、保険《ほけん》もかかっていないからね」お父さんは見物客のほうへむきなおりました。「さて、一一五〇年までに、この館はかなり大きくなっていて……」

ヘザーはくるりと背《せ》をむけて、「ひ、つ、じ」とつぶやきました。「ひつじ

がうろうろして、じゃましてるわ」

お父さんは話がじょうずですから、お母さんかほかの案内人《あんないにん》が、つぎのお客《きゃく》さんをつれてくるまで、ずっとしゃべっているでしょう。これでは塔《とう》にはのぼれません。いまごろはバスの団体客《だんたいきゃく》が玄関《げんかん》いっぱいにいて、おもての階段《かいだん》で順番《じゅんばん》を待《ま》っているでしょう。

ヘザーは身をひるがえして、うら廊下《ろうか》をかけだしました。『肖像《しょうぞう》の間《ま》』と『あらそいの間』をとおりぬければ、見物客《けんぶつきゃく》がくるまえに、うら階段へいけるかもしれません。ヘザーは『肖像の間』のみがきあげられた床を走りました。なくなったトラー一族《いちぞく》の肖像画が、どっしりした金箔《きんぱく》の額《がく》の中からとがめるような目つきで、ヘザーをにらんでいました。『あらそいの間』にはいろうとしたとたん、また足音がおしよせてきました。今度はお母さんの声が聞こえました。

「『あらそいの間』として知られている小さな回廊《かいろう》へきております。なぜそのようによばれているかと申《もう》しますと、左側の肖像画のトラー一族と、右側のフランシー一族《いちぞく》は、百年近くにわたり、長くはげしいあらそいをくりひろげた、ふたつの家系《かけい》なのでございます……」

「ひつじがもっと！」ヘザーはふりかえって、サー・フランシス・トラーがエリザベス一世《せい》におじぎしている絵の上に、かかっている時計を見ました。十二時五分前でした。ヘザーはやっと、自分のまちがいに気づきました。

「あー、もう。見物客《けんぶつきゃく》なんかだいきらい！　メイン館《かん》もだいきらい！」

ヘザーは『肖像《しょうぞう》の間《ま》』からひきかえして、おもての階段《かいだん》をおりました。半分おりたところで、つぎの見物客の一団《いちだん》がのぼってくるのにであいました。まるで川の流れにさからって泳《およ》いでいるみたいでした。ヘザーは横にそれ、なんとかひとごみをすりぬけて、玄関《げんかん》にでました。ちらっと見ただけで、横の売店がこみあっているのがわかりました。ミムズおばさんはとてもいそがしくて、ヘザーのほうを見てもくれません。これではビスケットをもらうどころではありません。ヘザーはゆううつになって、玄関からぶらぶらと外へでました。ミムズおじさんが机《つくえ》のところで、切符《きっぷ》をきっていました。ヘザー

13　メイン館とヘザー

にわらいかけて、ちょっとうなずいてくれましたが、もうすっかり気がめいっていたので、それぐらいでは気が晴れませんでした。

　ヘザーはぶらぶらと、もっと歩《ある》いていって、かたちよく作られた正面の庭《にわ》にはいっていきました。ヘザーとおなじ年ぐらいの子どもたちが、アイスキャンディーを食べては、包《つつ》み紙《がみ》を砂利《じゃり》道《みち》に落としています。「自分のうちなら、あんなことぜったいしないくせに！」ヘザーはつぶやいて、その子たちからはなれたところをとおりすぎました。もっといくと、いつもマクマナスさんがいる、塀《へい》にかこまれた庭にはいりました。とにかく何もかもうまくいかないので、マクマナスさんにトマトをくださいと頼《たの》んでみようかなと思ったのです。

　なぜか、塀にかこまれた庭はいつでも、年とった人たちがくるところでした。ヘザーは中年の夫婦《ふうふ》のそばをとおりました。おくさんがいっています。
「見て、ハリー。これは古い品種のとげのないバラよ」それから四人づれがいて、男の人がほかの三人にバラの刈《か》りこみかたを教えています。三組目は、おくさんが大声でいっています。

「バラって、こんなふうに植えるものじゃありませんよ。これがわたしの庭《にわ》師《し》なら、すぐやめさせるわ！」

ヘザーはマクマナスさんの働いているところまで、きっと聞こえていると思いました。ヘザーがみつけたとき、マクマナスさんはあのおくさんののどを切りさいているみたいに、苗床《なえどこ》をほりかえしていました。

「はいってきちゃいかん！」マクマナスさんはヘザーにむかっていいました。

「ちょっとお願《ねが》いが……」ヘザーはいいかけました。

「勝手《かって》な注文はつける、芝生《しばふ》はふみつける、かみくずやガムを道に散《ち》らかす」マクマナスさんはいいました。「金切《かなき》り声は出す、ものはたずねる……」

「わたしも見物客《けんぶつきゃく》はだいきらいよ。だけど、わたしにあたることないでしょ」ヘザーはいいました。

「あきビンや、あきカンは、捨てていく」マクマナスさんはいいました。

「あんたはほかの人よりもっとひどい。はいってきちゃいかん！」

これはあんまりです。ヘザーはくちびるをかみしめ、いちばん近い戸から、足音をたてて出ていくことしか考えられませんでした。マクマナスさんなんか熊手《くまで》をふんづけて、すべってころんで、のうしんとうでもおこせばいいのです。ヘザーは角をまがり、聖堂《せいどう》の跡《あと》へむかいました。いつもだと、だれもいないところです。でも今日は、ついてない日でした。もう大きな高校生の一群が、聖堂を見つけて、石の柱と芝《しば》におおわれた築山《つきやま》のあいだでふざけあっていました。ひと組の男の子と女の子が、たおれた彫像《ちょうぞう》のかげでキスしているのをさけて、ヘザーは聖堂のうらの林へとびこみました。

ひとり静かにいられそうな場所を、あとひとつだけ知っていました。それはメイン館《かん》の地所《じしょ》のはしぎりぎりにある、変わった形の小さな築山でした。ヘザーたちがメイン館にひっこしてきたとき、お母さんはこの築山を見て、とても興奮《こうふん》してしまいました。お母さんは、これは青銅時代《せいどうじだい》のお墓《はか》にちがいないわ、といいました。そのあとヘザーは村の学校へいって、ジャニーンと知りあいました。ジャニーンが、それは昔《むかし》、魔法《まほう》を使って処刑《しょけい》された男の人の墓《はか》だと教えてくれました。その男の人は《いたずらロバート》とよばれていて、村じゅうの人が知っていました。墓には宝物《たからもの》の箱《はこ》が、いっしょにうめられたそうです。その話を聞いて、ヘザーもお母さんとおなじぐらい興奮《こうふん》してしまい、お父さんに宝さがしをしようともちかけてみました。

お父さんはいつものようにやさしい笑顔《えがお》を見せて、メイン館《かん》の古い見取り図を調べました。

「ふたりをがっかりさせてわるいがね」お父さんはいいました。「あの築山《つきやま》が本当はなんだったか、わかるかい？　あれは氷室《ひむろ》なんだよ。築山の中はほら穴《あな》みたいになっていて、氷をしまっておくのに使われたんだ。トラー家《け》とフランシー家の人たちが、夏にアイスクリームを食べられるようにさ。ほってみたら、まだほら穴があると思うね」

そうとわかれば、どうってこともない築山に見えました。お母さんはその築山のことを忘《わす》れてしまったし、ヘザーも今日のように、どこへいっても見物客《けんぶつきゃく》でいっぱいの日にしか、いってみませんでした。

本当にどうってこともないものなのでしょうか？　ヘザーは築山《つきやま》にむかいながら考えてみました。築山はイチイの木のしげみにかくれていました。ヘザーがイチイの黄色《きいろ》いとがった落ち葉のつみかさなりを、ふみわけていっても、足音がしませんでした。頭の上にはこい深緑《ふかみどり》の葉がおいしげり、葉のあいだをもれてくる光には、どこか変わったところがありました。まわりじゅうが、いくらかけむったように見えました。築山はそのくすんだ光のなかに、イチイの葉におおわれて、はげ山のようにもりあがっていました。

つまらない場所じゃないわ、ヘザーは思いました。それどころか、すこしこわいくらいでした。

ヘザーは築山によじのぼり、腰《こし》をおろしました。もってきた本をひらきましたが、イチイの木のせいで暗《くら》すぎて読めませんでした。

ここが最後ののぞみだったというのに。ヘザーはやわらかい土をにぎりこぶしでどんとたたきました。「もう、いやになっちゃう！」大声でさけびました。「いたずらロバート、本当にこの下にいてくれたらいいのに。でてき

て、見物客《けんぶつきゃく》をどうにかして。それからマクマナスさんにちょっとは礼儀《れいぎ》を教えてほしいわ！」

太陽が頭の上で照《て》りつけました。そのせいで、木の下のもやが、いっそうこくなったようでした。土と香辛料《こうしんりょう》のような、ふしぎな匂《にお》いがしてきて、ヘザーのまわりをつつみました。その匂いの中から声がしました。「だれか、呼《よ》んだかい？」

2　あらわれたロバート

「だれか、呼《よ》んだかい？」その声はもう一度、いいました。しゃがれ声でした。ヘザーは聖堂《せいどう》にいた高校生のひとりだと思って、返事をしませんでした。ところがその声はいいます、「だれか、呼んだかい？」

「ええ、まあね」ヘザーはいいました。「たしかにひとりごとはいったけど」あしもとで、だれかが下草の中を、はっているような音がしました。ヘザーはおちつかない気分になって、立ちあがりました。相手《あいて》はヘザーを友だちとまちがえているのでしょう。急いで逃《に》げないと、ばつの悪《わる》いことになりそうです。でも相手がどこにいるのかわからないし、走りだして、ばったりでくわすのはいやでした。ヘザーはもとのところに立ったまま、まわりのもやの中をじっと見すかしました。とつぜん、目のまえに男の子が立ち、ぴったりした黒服《くろふく》から、イチイの葉をはらいおとしているので、ヘザーはびっくりしました。

「ぼくはここだよ」男の子はゆかいそうにいいました。

あの聖堂《せいどう》にいた高校生のなかまではありません。十代の男の子といっても、青年といっていい年でしょう。少年から青年へいつ変わるのか、ヘザーにははっきりとわかりま

せんでしたが、青年はすてきな顔立《かおだ》ちをしていました。肩《かた》までのびた金髪《きんぱつ》に近いウェーブのある髪《かみ》をして、とても大きな黒い目は、すこし目尻《めじり》がつりあがり、つやのあるあさぐろい肌《はだ》をしていました。本当にとてもすてきな顔立ちなので、背《せ》があまり高くないのも気になりませんでした。ヘザーより頭ひとつ高いだけでした。着ている服《ふく》からみて、オートバイでやってきたのにちがいないとヘザーは思いましたが、黒い上着の肩《かた》いっぱいに、大きな白いえりがついているのが、ちょっと変わっていました。

「見学にいらしたの、それともあちこち散歩《さんぽ》していらっしゃるんですか？」

ヘザーはていねいに聞いてみました。

青年はわらいました。「いいえ、おじょうさん。きみが、呼《よ》んだからだよ。いつだってそうさ。ヘンリー主教《しゅきょう》がかけたのろいはそんなに強くないから、名前を呼んでくれれば、ぼくには聞こえる」

「えっ、なんですって？」

「今は、何年かな？」青年はたずねました。

「あ、あの、一九八九年です」ヘザーはおかしいなと思いはじめていました。この青年のあたまがおかしいのか、それともとても妙《みょう》なことがおこったのです。

青年のほうは、もっとびっくりしたようでした。ヘザーをじっとみつめました。黒い目がとてもめだつので、青年の顔があおくなったのが、ヘザーにはわかりました。

「なんだって！　それじゃ三百五十年もとじこめられていたんだ！」青年はヘザーの腕《うで》に手をかけて、いいました。「まさか、そんな長い間だったなんて、本当じゃないよね」

青年の手は、ふしぎな感じがしました。冷たくて、でもあたたかくて、ヘザーのむきだしの腕はさわられたところだけ、毛がさかだちました。ヘザーはあとずさりしました。青年のいったことだけでなく、手の感じで、青年のあたまがおかしいのでなく、とても妙なことがおこったのだと、はっきりわかりました。

「あなた、だれ？」ヘザーはききました。

青年はまたわらい声をたてました。気持ちをきずつけられたとき、わざとあかるくわらってみせる、あの感じです。「ぼくはロバート・トラーです」

「いたずらロバート？」ヘザーは両手で口をおさえながらいいました。知らない間《ま》に手が口にいってしまいました。「ま、まほうを使うっていうあのひと？」

ロバート・トラーはこんどは、はっきりむっとしたようでした。

「ああ、ぼくは魔法《まほう》が使えるとも。そうでなきゃ、腹《はら》ちがいの兄さんがぼくをつかまえるのに、主教《しゅきょう》を呼《よ》んだりするものか？　ぼくが魔法を勉強したのを知って、遺産《いさん》をよこどりするつもりだと思いこんだのさ。そんな気はぜんぜんなかったのに」ロバートは一瞬《いっしゅん》、もっときずついたようでした。それからなにかひらめいたらしく、ちらっと横目づかいに用心深くヘザーを見ました。「いまのトラー家《け》の人たちも、同じように思っているかな？　メイン館《かん》はだれのものになっている？」

「ええっと、だれっていえないわ」ヘザーはいいました。「トラー家《け》の人たちはずっと前に死んでしまったの。それからフランシー家のものになって、フランシー家の最後のひとりが六年前になくなって、ぜんぶ、トラストって古いものを保存《ほぞん》する団体に残したの。わたしのお父さんとお母さんが、トラストのために管理《かんり》しているのよ」

ヘザーにはどれぐらいロバートがわかってくれたか、自信がありませんでした。ヘザーが説明《せつめい》しているあいだ、ロバートはいまにも泣《な》きだしそうに見えました。でも泣き顔は消《き》えて、あかるい笑顔《えがお》になり、うれしくてたまらないようでした。ヘザーが話しおわる前に、ロバートは大笑《おおわら》いしながら、両《りょう》腕《うで》で自分をだきしめていました。

「こいつはすばらしい！」ロバートはさけびました。「ぼくはたったひとりの、トラー家の生き残りというわけだ。メイン館《かん》はとうとうぼくのものになったんだ！」ロバートはわらうのをやめて、ヘザーにいっしょうけんめい説明しました。「ぼくには相続《そうぞく》の権利《けんり》がある。ぼくの父上はフランシー家の出で、はじめのおくさんがなくなったあと、ぼくの母上と結婚《けっこん》したんだ」

ヘザーはうなずきました。ロバートがどんなにつらい思いをしたか、よくわかったので、これ以上ロバートの気持ちをきずつけたくありませんでした。でもロバートはトラストの人たちに、どうやって自分のことを説明《せつめい》するつもりでしょう。それにきっと、出生証明書《しゅっせいしょうめいしょ》なんか持っていないでしょう！ロバートが生まれたころには、そんなものはなかったはずです。

どういえばいいのか考えているあいだに、ロバートはヘザーに軽くおじぎをすると、片腕《かたうで》をさしだしました。「さあ、この気味《きみ》の悪《わる》い林からでて、ぼくのうけついだ財産《ざいさん》を見にいきましょう」

ロバートがのぞんでいるのは、ヘザーがしとやかにロバートの腕《うで》に手をかけることだとわかっていました。でも、あの腕をさわられたときの奇妙《きみょう》な感じを思いだすと、ヘザーはためらってしまいました。ロバートはにっこりしました。ロバートはとてもハンサムでしたが、笑顔《えがお》もとてもすばらしくて、ヘザーはさからえませんでした。

「いっしょにいきましょう。名前も教えてください」そういって、ロバートは腕《うで》をさしだしたまま、待《ま》っています。笑顔《えがお》がこわばって見えました。

ヘザーはもうこれ以上、ロバートの気持ちをきずつけられないとさとりました。「わたし、ヘザー・ベイリーといいます」ヘザーは本とお弁当《べんとう》のふくろをひろいあげると、ロバートの腕に手をかけました。ロバートの服《ふく》は、皮かと思っていたのですが、黒い絹《きぬ》でした。そしてやっぱり毛がさかだつような感じがしました。でもヘザーはすぐになれて、その手にすがって築山《つきやま》をおりました。

ふたりはイチイの木の下を歩《ある》いていきました。ヘザーは昔《むかし》のお姫《ひめ》さまになったような気がしました。ロバートは黒い服を着ているのに、ぼんやりした光のなかで、くっきりとかがやいて見えました。ヘザーは自分の足やロバートの腕にかけた手が、ずっと暗くかすんで見えるのに気がつきました。あかるい日光の中にでると、ロバートはいっそうかがやいて見えました。ふつうの人の二倍も、生き生きとしているようでした。ヘザーはびっくりして、ロ

31　あらわれたロバート

バートを見つめ、どういうことかと考えているうちに、聖堂跡《せいどうあと》にやってきました。

高校生たちはまだそこにいて、ふざけまわっていました。ロバートがこの人たちのひとりだなんて、どうして思ったのでしょう。いま見ると、まったくちがいます。女の子が三人、たおれた彫像《ちょうぞう》の上に立って、コーラのあきカンを男の子たちに投げつけていました。ロバートはぴたっと立ちどまって、その子たちを見つめました。黒い皮のミニスカートとはでな髪型《かみがた》が、三百五十年も昔《むかし》からやってきた人には、とてつもないものに見えるだろうということに、ヘザーははっと気がつきました。

でも、そういうことではありませんでした。ロバートはまっ青《さお》になっていました。「これはゆるせない。この聖堂《せいどう》は、ぼくの父上が母上に出会った場所なんだ」そして高校生たちにむかって、大声でさけびました。「でていけ！　さわぐのはよそにしろ！」

みんなはロバートを見て、いくらかおどろいたようでした。でもわらいと

33　あらわれたロバート

ばすと、またカンを投《な》げはじめました。ロバートのほほがふくれ、こらえきれずにくちびるをぐっとかみしめました。小さな男の子がいまにも泣《な》きだそうとする、ちょうどそういう顔でした。でも、ヘザーにはロバートがとてもおこっているにちがいないと、わかりました。ロバートはてのひらを下にむけ、かるく手をうごかしました。

「さわぐがいい、ぼくがやめろというまで」ロバートはいいました。

ヘザーはロバートの手といっしょに、なにかがうごいたように感じました。ごくふつうのいまある世界の一部が、まるで一枚のうすい膜《まく》になってかたむいていくようでした。うすい膜《まく》のかたはしは上にあがり、もう一方のはしは、かたむいて地面の下へさがっていきました。いつもは目に見えない世界があらわれました。それは、見なれない、不思議《ふしぎ》な世界でした。ヘザーはうすい膜《まく》の灰色《はいいろ》のふちがゆれながら、ひなたの芝生《しばふ》や白い石柱《せきちゅう》や、大笑《おおわら》いしているる女の子や男の子をかすめていくのを、たしかに目にしました。一瞬《いっしゅん》のあいだでしたが、ヘザーはふつうの世界のはしっこに、かたむきながらなんとか立っていると思っていました。でもやっぱり、地面の下の世界にいるのに気がつきました。

そして、灰色《はいいろ》のふちがとおりすぎると、高校生たちはひとりずつ姿《すがた》が変わっていきました。男の子たちのシャツと上着が消《き》え、ズボンのかわりにふさした茶色《ちゃいろ》い毛がはえてきました。女の子たちは長い髪《かみ》をふりみだし、くしゃくしゃの長いドレスを身にまとって、全身につたの葉がからまっていました。手にもっていたコーラのカンは、金銀《きんぎん》のさかずきにかわりました。全員がいっせいにさけびました。

「イーオー」

それから女の子たちは金切《かなき》り声をあげて走りだし、男の子たちも小さなひずめをきらめかせて、その後を追《お》いました。ヘザーがかたむいたからだを立てなおすまえに、高校生たちは林の中を気がくるったようにかけまわり、おたがい不思議《ふしぎ》な言葉でさけびあっていました。

その声が遠くなっていくと、ロバート・トラーはヘザーのほうへむきなお

って、思ったとおりのいたずらができた男の子みたいに、どうだというような顔をしました。「これで、ぼくが本当に魔法《まほう》を使えるのが、わかっただろう。あいつらは日が沈《しず》むまで、はねまわることになる」

「ええ、でもね……」ヘザーはいいたいことがいっぱいありましたが、やっとこれだけいいました。「どうしてあんなことをしたの？」

ロバートはびっくりしたようでした。「さっきもいったけど、この聖堂《せいどう》はぼくの父上が結婚《けっこん》するまえ、人に見つからないように母上と会っていた場所なんだ。見せてあげよう」

ロバートはきれいに刈《か》られた芝生《しばふ》を歩《ある》いていき、たおれた彫像《ちょうぞう》のむこうに、細い白い柱が家のようなかたちにかたまっているところへいきました。芝生にうもれて、柱の上にかけた屋根の一部のように見える、石のかたまりがありました。おそらく、彫刻《ちょうこく》もされていたのでしょう。とにかくヘザーに見えたのは、その石の一面に、古びてカビにおおわれた模様《もよう》があることだけでした。

「見てごらん」ロバートはその古びてかすれた模《も》様《よう》を、手でなでました。

ロバートの手が、石をよみがえらせたようでした。石がきれいになり、白く新しくなりました。彫刻《ちょうこく》は8の字形で、両側《りょうがわ》にほられた大文字を結ぶかざりひものように見えました。左側の字は大きな、なんのかざりもないF《エフ》で、右側の字はもっとやわらかい感じのE《イー》でした。

「ふたりは名前の頭文字《かしらもじ》を、ここにきざみこんだ」ロバートはいいました。「真実の愛《あい》をあらわす恋結《こいむす》びもいっしょだ。フランシスが父上の名前で、母上はエグランタインといわれた」

ロバートは石のむこうの、柱《はしら》でかこまれた緑の芝生《しばふ》の一画《いっかく》を見やりました。ヘザーもそちらを見ました。するとほんの一瞬《いっしゅん》ですが、ふたりの人がいて、もう長い間、おたがいに会っていなかったかのように、なつかしそうに歩《あゆ》みよるのが見えたような気がしました。男の人はロバートより背《せ》が高くて、がっしりしていましたが、髪《かみ》の毛は同じ色でした。女の人は背が低く、とても小柄《こがら》で、まるで宙《ちゅう》に浮《う》いているみたいでした。髪《かみ》の毛も服《ふく》も、浮いているようでした。ヘザーがふたりを見ていたのは、おたがいに腕《うで》をさしのべあっている瞬間《しゅんかん》だけでした。すぐに、ふたりが見えたのかどうか、あやしく思えてきました。ロバートに聞いてみようと思ったのですが、ロバートはもうむこうをむいていて、その顔は喜《よろこ》びにあふれていました。そして石はまた、かすんでみどりがかっていました。

「この石の上にすわろう。きみのもっている袋《ふくろ》から、とてもいい匂《にお》いがしてきた。考えてみれば、ぼくは三百年以上も食べていなかったんだ」

「ただのツナ・サンドなんだけど」ヘザーはいいました。

3 犬になった庭師《にわし》

ロバートがとてもおなかがすいているようなので、ヘザーはサンドイッチをひとつだけ残して、あとはぜんぶあげました。こんなにおいしいものは食べたことがない、とロバートは何度《なんど》もいいましたが、ヘザーはただのツナ・サンドなのにと思いました。ロバートがサンドイッチをむしゃむしゃと食べている間にも、ヘザーの耳には、遠くの林の中で高校生たちがさけんでいるのが聞こえました。あの人たちはこういう目にあってもしかたがないことをしたんだわ、とヘザーは考えましたが、なんだかおちつかない気持ちは消《き》えませんでした。ロバートのことは好きだし、目がさめたら何百年もたっていたなんて、本当に気《き》の毒《どく》ですが、どうしてもどこかおちつきません。気分を変えようと、ヘザーはいいました。「村の人たちは、あなたといっしょに、宝物《たからもの》がうまってるっていってるけど」

まずいことをいってしまいました。ロバートはちらと横目でヘザーを見ました。「まだそんなことをいってるの？」

ヘザーにはロバートがとても用心深くなったのがわかりました。ヘザーはただちょっとうわさを聞いただけなの、といおうとしましたが、ロバートはわらって、さえぎりました。前にもあった、傷《きず》ついた心をかくしたわらいかたなのが、ヘザーにはわかりました。

「みんなが宝物だというなら、そうだろう」ロバートはいいました。それから急に立ちあがって、いいました。「魚を食べるとのどがかわくな。果物《くだもの》がほしくなった」

「うら庭《にわ》にイチゴと赤スグリがなってるわ。でも売り物なの。マクマナスさんがとらせてくれるとは思えないけど」

「マクマナスってだれ？」ロバートがききました。「きみがぼくを呼《よ》んだとき、その名前をいっていたね。その人にメイン館《かん》の果物《くだもの》を売る権利《けんり》なんてないよ」

「マクマナスさんは庭師《にわし》なの」ヘザーは説明《せつめい》しました。「果物を売って、建《たて》物《もの》の維持費《いじひ》にあてるのよ」

「わかった」ロバートはいいましたが、ヘザーがとても変なことをいうとでも思ったのか、にこりともしませんでした。ヘザーがもっと説明しようと口をひらくまえに、ロバートはもう塀《へい》にかこまれた庭へ、おおまたでむかっていました。

ヘザーはロバートが庭のまん中でたちどまったので、追《お》いつきました。ロバートはバラのアーチやしげみや、塀《へい》にはわせたバラを、じっと見つめていました。「これはいったいどうしたんだ？　ハーブが見あたらない！　バラしかない！」

ロバートには、おかしなことだらけなんだと、ヘザーは納得《なっとく》しました。そこでやさしくいいました。「お父さんがいってたけど、百年ぐらい前に、ここはバラ園《えん》になったんだって。うら庭《にわ》はあそこの塀《へい》の戸をくぐったところよ」

「それじゃあ、あちこち変わっているんだ。昔《むかし》、バラ園はむこう側《がわ》にあったんだよ」ロバートは戸のほうへむかいました。そのとちゅうで、いく組かの年配《ねんぱい》の人たちとすれちがいました。ヘザーは心配になりました。ロバートがその人たちに、なにをしているのか、と質問するかもしれません。でもロバートは、昔もうろつく人たちはいたというふうに、えらそうな会釈《えしゃく》をしただけで、とおりすぎました。年配《ねんぱい》の人たちはちょっと驚《おどろ》いたようにロバートを見つめましたが、礼儀《れいぎ》正しく会釈をかえしました。それでも、うら庭にたどりついて、『立入禁止』と書いてある戸をくぐると、ヘザーはほっとしました。

「ああ！」ロバートは声をあげました。

イチゴ畑が庭のまん中にひろがっていました。両側《りょうがわ》にはスグリのしげみ

45　犬になった庭師

がならんでいます。イチゴの下には、ていねいにわらがしきつめられていました。しきわらの上には赤い大きなイチゴが、葉と白い花の下で光っていました。ロバートはしきわらにふみこむと、手あたりしだいにイチゴを摘《つ》みはじめました。

「イチゴって、こんなに大きかったかな」ロバートはヘザーをふりかえっていいました。ヘザーがおずおずとあとに続いてふみこむと、ロバートはイチゴを口いっぱいにほおばりながら、つけくわえました。「もう二度とイチゴを食べられない、と思った時もあったけど」

マクマナスさんはだれかが果物《くだもの》を取ると、すぐに感づきました。ヘザーが最初の一粒《ひとつぶ》をつまむと、マクマナスさんがどなりながら、左側《ひだりがわ》のスグリのしげみから飛びだしてきました。

「こらっ！　イチゴに手をだすな。さもなきゃ、ぬすみでつかまえてやるぞ！」

ロバートはおちついてもうひとつイチゴを摘《つ》むと、手にもったまま立ちあ

がり、まゆをあげました。「ぬすみだって！　ぼくには自分のイチゴを摘《つ》む権利《けんり》がある。ぬすみだっていうのなら、きみの前にもメイン館《かん》の果物《くだもの》を、自分のものにして売った庭師《にわし》を知っているよ」

ヘザーはあとずさりして、スグリのしげみにもぐりこもうとしていました。ひどいことになりました！　ロバートはまちがっています。ところが、マクマナスさんのまだらな茶色《ちゃいろ》の顔が、まだらに白くなったのを見て、立ち止まりました。おかしなことです。マクマナスさんがじっさいに、果物をぬすんでいたというのでしょうか。もっともこれはマクマナスさんを、いっそう怒《おこ》らせました。マクマナスさんは歯《は》をむきだして、ロバートのほうへ足音をたてながらつめよりました。

「証拠《しょうこ》もないくせに！」マクマナスさんは怒《いか》り狂《くる》って、うなりました。「ここから出ていけ、さもなきゃ、おまえののっぺり顔をひきさいてやるぞ！　おまえがだれだろうとかまわん！」

ロバートはイチゴを口にほおりこむと、また手を前にさしのべました。今

49　犬になった庭師

度はほんのすこし、左右にうごかしただけでした。マクマナスさんはロバートのほうへつめよろうとしていましたが、ひとところで足踏《あしぶ》みしているだけで、すこしも前に進みません。こうらに結んだひもがのびきっているのに、知らないでいるカメみたいでした。

「ぼくがだれだか、気をつけたほうがいいね」ロバートはイチゴを飲《の》みこむといいました。「ぼくの兄さんは庭師《にわし》をむちうって、門からほおりだしたものさ。メイン館《かん》はもうぼくのものだから、おまえをもっとひどくあつかってもいいわけだ。おまえはどなったり、おどかしたりするからな。いまのところは、そのままにしておいてやる。さあ、ヘザー、ぼくのおいしい果物《くだもの》を、いくらでも食べてくれたまえ」

ロバートはかがみこむと、またイチゴを摘《つ》みはじめました。しばらくしてヘザーもしげみからでると、イチゴを摘みはじめました。こんなことができるなんて、はじめてのことです。心から楽しめたらいいのですが、マクマナスさんのどすどす足踏《あしぶ》みしている音が、どろぼうでもしている気にさせます。

どちらかが近づくたびに、マクマナスさんはどなりました。「つかまえてやるぞ！　このままじゃすまさんぞ！」どなられるたびに、ヘザーはイチゴを両手でひっつかみました。イチゴを食べたいだけ食べられるなんて、もう二度とこんなチャンスはない、とわかっていました。

マクマナスさんがあんまり足踏《あしぶ》みするので、地面に穴《あな》ができてしまったころになって、ロバートはやっと立ちあがり、絹《きぬ》の黒服《くろふく》のひざからわらを払《はら》い落としました。「おなかがいっぱいになった。さあ、ぼくの家を見せてもらおう」

ヘザーは見物客《けんぶつきゃく》でいっぱいのメイン館《かん》と、まわりに駐車《ちゅうしゃ》しているバスを思い浮《う》かべました。ロバートにとっては、がまんできないことでしょう。

「夕方になるまで待《ま》ってみたら？　そのほうがずっと静かでいいわ」

ロバートはなんともいえず悲《かな》しそうな顔をして、ヘザーを見ました。まるでヘザーのためにそれではだめだと思っているかのようでした。「おじょうさん、そういうごまかしはわかっています。それまでにみんなもとどおりになるさ。お父さんにぼくがここにいるっていうつもりだろう。だめだ、今でなくては」

ロバートはざくざくとわらを踏《ふ》んでいって、マクマナスさんのそばをとおりすぎました。「このまま逃《に》げようっていうのか！」マクマナスさんはどなりました。「とっつかまえてやる……」

「だまれ！　このうるさい犬め！」ロバートはまた手をのばして、今度はその手を左右に、するどくうごかしました。プールに頭をつっこむと水面が見えるように、世界のはしが目の前でかたむくのが、ヘザーに見えました。自分もおぼれたような気がして、必死《ひっし》で息《いき》をすっていると、マクマナスさんは手とひざをついてちぢんでいきました。まだらのある顔は長い鼻《はな》づらになって、大きなぶち犬に変わりました。脚《あし》はひきよせられて、犬のうしろ足になりました。手は前足になり、長いぶちのあるしっぽがはえました。犬はロバートにむかって、意地悪《いじわる》そうにほえました。

「出ていけ、こののら犬！　家に帰って、おくさんにおまえがわかるか、た

めしてみるがいい」ロバートはいいました。きたないぶち犬は、まだらのあるうしろ足のあいだに、しっぽを巻《ま》きこむと、ほえながらしげみの間に逃《に》げこみました。あんなにおびえきった犬は、いままで見たことがありませんでした。ヘザーは館《やかた》への道を案内《あんない》しましたが、想像《そうぞう》していたほど楽しくも、うれしくもありませんでした。マクマナスさんはひどい目にあわされても当然《とうぜん》ですが、マクマナスさんのおくさんは、犬がだれだかわかるだろうか、と気にかかってしかたありませんでした。

4　ロバートの魔法《まほう》

おもての庭《にわ》は、もう見物客《けんぶつきゃく》でいっぱいでした。しばらくのあいだ、ロバートはそのひとごみが目にはいらないようでした。じっと館《やかた》を見つめていたのです。ヘザーにはロバートが、とほうにくれた顔をしているように思えましたが、ヘザーが見ているのに気づくと、ロバートは気をとりなおして、おもしろがっている顔つきになりました。

「びっくりしたなあ。なんてすごい建物《たてもの》になったんだろう！　百以上も窓《まど》のある家をもらったみたいだ！　どうしてこんなふうになったんだい？」

「フランシー家《け》とトラー家が建《た》て増《ま》しを続けて、大きくなったの」ヘザーは説明《せつめい》しました。「たしかお父さんがいってたけど、一族《いちぞく》のひとりが、ナポレオンがウォーターローの戦《たたか》いに勝つほうに全財産《ぜんざいさん》をかけてしまって、それでやっとおしまいになったの」ロバートにはちんぷんかんぷんなのを見てとって、ヘザーはなぐさめるように、つけくわえました。「でも、古い建物《たてもの》もまだちゃんと残っているわ」

ロバートはうなずきました。「ぼくの父上の館《やかた》が、むこうのはしに見えている。それにぼくたちのころの馬屋《うまや》もまだあそこだ。台所のうら手にある。だけど塔《とう》はひとつしか見えないな。兄さんたちとよくのぼったんだけどなあ」

「たくさんあるのよ、でもほかの建物にかこまれてしまっているの」

「いってみよう」

ロバートはお兄さんたちと塔へのぼったりして、楽しく遊《あそ》んだのでしょう。ヘザーはなんだかうらやましく思いました。ヘザーもいっしょに遊んでくれるお兄さんかお姉《ねえ》さんがいれば、メイン館《かん》に住むのもどんなに楽しくなるか

と、しょっちゅう思っていたからです。でもロバートのお兄さんたちは、もう三百年も前に世を去っていることに気がつきました。館《やかた》の中もずいぶん変わっています。ロバートをうらやましく思うことはありません。

ヘザーがそんなことを考えているあいだに、ロバートは館にむかってどんどん足をはやめていました。ヘザーはロバートのなぜか光りかがやく姿《すがた》を、むこうに見つけました。館に近づくほど混《こ》みあっているので、ロバートが人にぶつかったり、おしのけたりしているのが見えました。「おさないで！」とか「気をつけてください」という声が聞こえました。その声に、ロバートも自分がなにをやっているのか、気がついたようでした。立ちどまってヘザーを待《ま》っています。やっとヘザーがおいつくと、ロバートはとてもえらそうな態度《たいど》でした。

「きみのお父さんは、いやにたくさん家来《けらい》をもっているね。だれがお父さんにそんな身分《みぶん》をゆるしたんだい？」

「家来なんかじゃないわ。見物《けんぶつ》のお客《きゃく》さんよ」

ヘザーはロバートを生《い》け垣《がき》の中の通路へつれていきながら、いっしょうけんめい説明《せつめい》しました。メイン館《かん》はいまはトラストのものになっていて、だれでもお金を払《はら》えば、見物してまわれることをいってきかせました。

ロバートはヘザーとならんで歩《ある》きながら、うなずいたり、しかめつらをしたり、目をほそめたりしていました。ロバートができるだけ、仕事のことだとわりきってみせようとしているのがわかりました。でも仕事なんて、やったこともないにきまっています。「持《も》ち主《ぬし》がいない家なんてかんがえられない」とロバートはいいました。

ちょうどその時、運《うん》の悪《わる》いことに、小学生の一団《いちだん》がふざけあったり、アイスキャンデーを食べたりしながら、生け垣の中へどたばたとはいりこんできました。まだ夏休みにはいっていない学校の子どもたちだと、ヘザーにはわかりました。子どもたちはみんなおそろいの青いブレザーを着ていて、そのあとから先生が、子どもたちよりもっと大きな声でさけびながら追《お》いかけてきました。

「歩《ある》きなさい、走っちゃいけません。バッふたつです！」先生はさけびました。

だれもこの先生のいうことなんか、聞こうともしません。子どもたちは大さわぎしつづけ、まん中にある池《いけ》のまわりを走りまわりました。ヘザーとロバートは、はしっこの背《せ》の高い生《い》け垣《がき》まであとずさりしなければなりませんでした。

「しずかに！」先生は金切《かなき》り声をあげました。それでもすこしもさわぎがおさまらないので、今度は低い声でおどかしました。「みんな、アイスキャンデーの包《つつ》み紙《がみ》を、いますぐ、くずかごにいれなさい！」

いそいで子どもたちのしたことといえば、その場に包み紙をすてただけでした。包み紙は、通路に雪のように舞《ま》い、ひらひらと生け垣をこえて、花壇《かだん》のうえに散《ち》らばりました。まん中の池には紙がいっぱい浮《う》いて、ラベルに印刷《いんさつ》された、黄緑《きみどり》や赤《あか》紫《むらさき》やチョコレート色のローリーおじさんの顔でうまりました。

「いますぐ包《つつ》み紙《がみ》をひろいなさい！」先生はわめきました。

だれも聞いていないようです。

ロバートが目をまるくしました。「耳の聞こえない子の学校かい？」とヘザーに聞きました。

「いいえ、先生がだらしないだけよ」ヘザーはいいました。

「というと、先生はあの子たちに、しっかりむちをくれていないというわけか」ヘザーがこのごろの先生は子どもをたたいたりしないのだと説明《せつめい》するまえに、ロバートがいいました。「それでは生徒といっしょに、先生にもきちんとしつけをしなくては」

ロバートは手をのばして、左右にうごかしました。ヘザーは世界のはしっこがめくれるのを、感じたような気がしました。耳のそばを、ぬれた紙がざわざわと音をたてて、めくれていくような感じでした。ヘザーはつばを飲《の》みこみました。耳がつんとしたからです。

池の中では、黄緑色のアイスキャンデーの包み紙が、大きくなりはじめま

した。その紙はどんどんひろがると、ほかの包み紙《つつみがみ》を飲《の》みこんで、オオオニハスの葉のように大きくなり、あっという間《ま》に、はしっこを波うたせながら、池《いけ》にはいりきらないほどいっぱいに広がりました。紙のおもてでは、黄緑《きみどり》色《いろ》の怪物《かいぶつ》のような顔が、ぎらぎら光っています。とてつもなく大きなチョコレート色の口があいて、赤紫《あかむらさき》の歯《は》が見えました。その口から、大音声《だいおんじょう》がとどろきわたりました。「しずかに！　包み紙をひろえ！」

先生は悲鳴《ひめい》をあげて逃《に》げだしました。子どもたちはみんな、その場につったって、ぼんやりしています。「テレビの見せ物だよ」ひとりがいいました。

「気にすんなよ」

ロバートはにやりとしました。ロバートの小指と親指が、ほんのすこしうごきました。

「そうかな？」黄緑色のローリーおじさんがほえました。そして池から起きあがると、もっと大きくなってしずくをたらしながら、ぬれてさけた緑色の紙の手で、近くの子どもたちにつかみかかりました。ほとんどの子どもたちはあとずさりしました。たいていの子はきもをつぶしたようでしたが、ひとりふたりは、ばかにしたようにわらいだしました。

「やっつけろ。ただの紙さ」男の子がいいました。

ロバートがふくれっつらをして、下くちびるをつきだし、親指が二度、ぴくぴくとすばやくうごきました。小道や生《い》け垣《がき》や花壇《かだん》にちらばっていた残りの包《つつ》み紙《がみ》が、ふきあげられ、がさごそ音をたてる大きなふたつのかたまりになりました。と、つぎの瞬間《しゅんかん》、赤紫《あかむらさき》のローリーおじさんとチョコレート色のローリーおじさんが、生け垣をおおまたにのりこえて、その男の子にむかっていきました。ローリーおじさんのひらべったい顔にあるのは、にくしみの表情《ひょうじょう》だけです。男の子がくるっとむきを変えて、走りだしたのもむりはありません。その子が走りだすと、残りの子も全員いっせいに走りだして、低い生け垣にぶつかり、花壇をふみつけ、おしあいへしあいしながら、追《お》いかけてくる三人の巨大《きょだい》なおばけから逃《に》げようとしました。

ロバートは手をおろして、赤と緑と茶色《ちゃいろ》の姿《すがた》が、しげみのむこうへ消《き》える

のをながめました。「これであの三人が、子どもたちをぼくの領地《りょうち》のはしまで追《お》い払《はら》ってくれる。つかまった子どもたちに災《わざわ》いあれ、というところさ」

ヘザーは、メイン館《かん》に紙くずをちらかす子どもたちをこういう目にあわせたい、と今までに何度《なんど》も願《ねが》っていました。でもヘザーはいわずにはいられませんでした。「だれもつかまらないようにして、お願い！」

ロバートはわらいました。「きみって、なんてやさしいんだろう！　いいとも。追《お》いまわされるけど、つかまらないですむよ。ぼくの庭《にわ》にごみをすてってはいけない、とわからせてやるだけさ。メイン館はお祭《まつ》り広場でも市場でもない。ここはぼくの家なのだ」

ロバートはやっぱりわかっていないのです。ヘザーはもう一度、できるかぎりの説明《せつめい》をしました。フランシー家《け》の最後の人が、遺言《ゆいごん》でメイン館をトラストに残したとき、どんなにひどい状態《じょうたい》だったか、どうやってトラストがすっかり修繕《しゅうぜん》して、だれでも見学できるようにして、ヘザーのお父さんが面倒《めんどう》をみることになったか、くわしく話しました。

ロバートはむきを変え、庭《にわ》のむこうへむかいました。「きみのお父さんがぼくの家にとって、執事《しつじ》みたいなものであることはわかった。だけど金もうけなら、ほかの方法をみつけるべきだとぼくは思う。ぼくたちの庭や部屋をのぞかれるのは、感じのいいことじゃない」

「お父さんがお金をもうけているんじゃないの。維持費《いじひ》なのよ！」ヘザーはすっかりとほうにくれていました。まるでとても小さな子に、それもとてもばかな子にいってきかせているみたいです。「メイン館《かん》の手入れや雨もりをなおすのに、毎年何千ポンドもかかるのがわからないの？　お父さんとお母さんが、計算しているのを聞いたわ。ここを見学にくる人からお金をもらうの。どうしても見てもらわないと困《こま》るのよ」

ロバートはむくれて、指をならしました。「もうそんな必要ないよ。ぼくをお父さんのところへつれていってくれ。ほかのやり方でお金をかせぐようにいうよ」

「なんですって？　あなたの宝物《たからもの》のことをいっているの？」ヘザーはたず

ねました。

ロバートはまたヘザーを、横目で見ました。「きみってそればっかりだな」

ロバートはいいました。「ちがうさ。きみのお父さんと話をしなくちゃならない。それはそうと、この人たちは家へ帰ってもらわなくては」

「だけど――」ヘザーはいいかけて、はっと息《いき》をのみました。目の前で世界のはしっこがあがったり、さがったりしはじめたのです。あしもとの小道が、うごいていないとわかってはいるのですが、それでも、さいしょ片方《かたほう》へかたむき、それから反対側《はんたいがわ》へかたむいたようでした。それから花や生《い》け垣《がき》が小さく波うつのが見えました。気分が悪《わる》くなって、あんなにたくさん、イチゴを食べなければよかったと思ったくらいでした。

すべてがちゃんと元《もと》どおりになった時、ヘザーはまわりの人たちがみんなおとなしく、駐車場《ちゅうしゃじょう》へむかっていることに気がつきました。お父さんとお母さんが、四人の子どもをつれています。お父さんがいいました。「見るところは、みんな見てしまったようだ」

「長居《ながい》しすぎましたね」お母さんもうなずきました。「退屈《たいくつ》したのは子どもたちだけじゃありません」

これこそまさに、ヘザーがずっと望《のぞ》んでいたことでした。今朝《けさ》だってそうでした。でもヘザーはぞっとしてしまいました。ロバートは何百人という人たちの楽しい一日を、めちゃくちゃにしてしまったのです。それに、もし、ロバートがくる日もくる日も、みんなを追《お》い払《はら》いつづけたら、メイン館《かん》にはお金がはいってきません。ヘザーのお父さんとお母さんも失業《しつぎょう》するかもしれません。ヘザーはロバートをさがして説明《せつめい》しようと、あたりを見まわしましたが、どこにもいません。ロバートのなぜかまぶしいほどかがやく姿《すがた》は、ずっとむこうで、駐車場《ちゅうしゃじょう》へむかう人の流れをつっきっていました。もうほとんど館《やかた》に近づいていました。

ヘザーはひとごみをかわしたり、ぶつかったりしながら、ロバートを追《お》いかけました。表玄関《おもてげんかん》の階段《かいだん》にたどりついたころには、ロバートはずっと先まであがっていました。「待《ま》って！」ヘザーは、はあはあと息《いき》をはずませました。

でも、ロバートは待《ま》ってくれませんでした。まっすぐ入り口をはいり、ミムズさんが切符《きっぷ》をきっている机《つくえ》の横をとおりすぎました。ミムズさんがいいました。「切符を拝見《はいけん》します」

ロバートがなんの注意もはらわずにとおりすぎると、ミムズさんはため息《いき》をついて、どっこいしょと立ちあがりました。

「ミムズさん、あの人わたしといっしょなの」ヘザーは大急ぎであとを追《お》いかけているので、息を切らしながらいいました。ミムズさんは片足《かたあし》しかありません。ヘザーはミムズさんが好きでした。ミムズさんまで犬に変えられたら、一大事《いちだいじ》です。ヘザーは前に一度、三本足の犬を見たことがありますが、とてもかわいそうでした。ミムズさんがヘザーのいうことを信じて、腰《こし》をおろしてくれたので、ほっとしました。

ホールには、見学の順番《じゅんばん》を待《ま》っているグループが、たくさん集まっていました。ロバートはその人たちを帰してはいませんでしたが、ひとごみをか

きわけていました。ロバートのかがやく姿《すがた》が、表の階段《かいだん》をのぼっていくのが、ヘザーにははっきり見えました。

「すみません」ヘザーは待《ま》っている人たちをかきわけながらいいました。「すみません、通してください」聞いてくれない人がいると、ヘザーはあわれっぽい声でうそをつきました。「お母さんを見つけなくちゃならないんです！　階段の上にいるんです！」

みんながよけてくれたので、ヘザーは階段をかけあがりました。こんなうそをつくと、本当にお母さんに出会うかもしれないと思いました。お母さんには一番会いたくありません。お父さんをのぞけば、の話ですが。すくなくとも、ロバートがこの館《やかた》じゅうに魔法《まほう》をかけるのを、やめさせる手段を考えつくまではだめです。たとえ考えついたとしても、そのあとロバートが一生なにをしてくらせばいいのか、そこが問題です。階段を足音を立ててのぼりながら、ヘザーは魔法使いのできる仕事を考えてみました。考えついたのはテレビのマジック・ショーだけでした。ロバートには気にいってもらえないでしょうね。

ヘザーはエリザベス一世《せい》が休んだ寝室《しんしつ》の前で、ロバートに追《お》いつきました。ロバートは中をのぞきこんで、考えこんでいました。「どうして戸口に赤いロープが張《は》ってあるのかな？」ロバートがヘザーに聞きました。「なにかあぶないことでも？」

「いいえ。そこはエリザベス一世が寝《ね》た部屋だからなの。宝物《たからもの》でいっぱいなのよ。ねえ、ちょっと！」

「だけど女王はこの部屋を使っていないよ！　女王のために、階下《かいか》の部屋をどんなふうにしつらえたか聞かされた。女王さまはもう年とっていて、階段《かいだん》はきつかったんだ」ロバートはいいました。ヘザーがロバートに、そんなはずはないといおうとすると、ロバートはまたおかしな横目づかいで、ヘザーを見ました。「なんておかしなものを宝物っていってるんだろう！　宝物なんかなにもない。ぼくのお祖母《ばあ》さんが、兄さんの結婚祝《けっこんいわ》いにししゅうしたカバーがあるだけだよ」

「それが宝物《たからもの》なの。とてもきれいにしてしゅうしてあるでしょ」ヘザーはぴしゃりといいました。「ちょっと、聞いて！　見物の人たちを帰したりしちゃだめよ。あの人たちはお金を払《はら》ったんだから！」

ロバートは肩《かた》をすくめました。「お父さんと話しあってみよう。お父さんはどこ？」

ロバートをお父さんに会わせる前に、もっとゆっくり考える時間がいります。ヘザーはお父さんにこういっている自分を、思い浮《う》かべました。

「この人がいたずらロバートです。お墓《はか》から呼《よ》びだしてしまいました」

お父さんがとても信じられないという目つきでヘザーをみて、わらいをかくそうとするありさまが、まざまざと目に浮かびました。それからロバートがおこって、お父さんを犬に変えてしまうところも。お父さんが犬になるとやせて、茶色《ちゃいろ》くて、人のいうことをよくきく犬になります。とんでもありません。ふたりが会うまでに、考えておかなくてはならないことがたくさんありました。

「最後にお父さんを見たのは、ウィリアム・トラーの塔《とう》へあがる階段《かいだん》のところだわ」ヘザーは正直そうな態度《たいど》でいいました。

ロバートはぱっと顔をかがやかせました。「あの古い物見《ものみ》の塔だね！　いまは、どうやっていけるのかな？」

「『肖像《しょうぞう》の間《ま》』をとおっていくの」ヘザーはロバートを案内《あんない》していきました。

ロバートは『肖像の間』を見て、大喜《おおよろこ》びでした。「ほとんど変わっていない、昔《むかし》と同じだ！」ロバートは鉛《なまり》のわくがはまった窓《まど》から、外を見ていいました。「庭《にわ》のながめも悪《わる》くないぞ！　やっと家に帰った気分がしてきた。ただ——」ロバートはぶあつい金箔《きんぱく》の額縁《がくぶち》におさまってならんでいる肖像画のほうへ、手をふりました。「ただ、あの人たちをのぞいてね。だれだい？」

ヘザーはロバートの気をそらすチャンスをみつけました。ロバートを肖像画のところへつれていって、覚《おぼ》えているかぎりの名前をならべて説明《せつめい》しました。「これはレディー・メアリー・フランシーよ。とてもきれいな人だから覚えているの。それから司祭《しさい》はヘンリー・トラーで、このちぢれ毛のかつら

をかぶっているのがジェームズ・トラー。この鉄砲《てっぽう》を持っているのは、エドワード・トラー・フランシーで、たしか戦争《せんそう》で死《し》んだわ」

説明《せつめい》していくにつれて、ヘザーはロバートの顔に、とても複雑《ふくざつ》な表情《ひょうじょう》があらわれるのに気づきました。わかる気がしました。あるときは誇《ほこ》り高く、あるときはロバートが初めてこの館《やかた》を見たときと同じような、とほうにくれた表情でした。ヘザーだって自分の家族で、自分のあとから生まれた人たちを見たら、変な気分になることでしょう。ロバートに似《に》た人はいませんでした。いく人かは黒い瞳《ひとみ》に金髪《きんぱつ》でしたが、だれもロバートのようなあさぐろい肌《はだ》や、つりあがった目をしていませんでした。

「あなたの肖像画《しょうぞうが》はないわね？」ぐるっと見てまわって、サー・フランシスがエリザベス一世《せい》におじきをしている絵の前にきたとき、ヘザーはたずねました。

ロバートの複雑《ふくざつ》な表情は消《き》えて、信じられないようなあかるいほほえみが、ひろがりました。ヘザーにはロバートが、またきずついたことがわかりました。

「あるはずがないよ」ロバートがいいました。「ぼくも肖像画《しょうぞうが》を描《か》いてもらったんだ。だけど燃《も》やされたんだろう。ぼくが、あの――ぼくがやられたときに。兄さんが結婚《けっこん》した相手《あいて》は、ものすごく厳《きび》しい人で、ぼくの魔法《まほう》をひどくきらったんだ」ロバートのあかるい笑顔《えがお》が、いっそうあかるくなりました。

「兄さんのおくさんはフランシー家《け》の出だったんだ」さあ、話題を変えようというように、ロバートはぐるっとまわると、小さな回廊《かいろう》を指さしました。

「あそこにも、ぼくの知らない絵がある」

「あそこは『あらそいの間《ま》』というのよ」ヘザーも話がかわって、ほっとしました。「二百年前にけんかしていた、フランシー家とトラー家の人たちの肖像画があるの」

ロバートは両手で自分を抱《だ》きしめると、大声でわらいだしました。頭をのけぞらして大笑《おおわら》いしたので、『肖像の間』がわらい声でいっぱいになったぐらいでした。「そいつはすごいや！　ぼくはあいつらにのろいをかけたのさ。

フランシー家《け》はトラー家を憎《にく》むべしとね。兄さんのおくさんへの復讐《ふくしゅう》さ！　やった！　やった！　どんなことでけんかしたんだい？」

「しずかにして。わからないわ。決闘《けっとう》や訴訟《そしょう》なんかが、百年も続いたということは知ってるけど」

ロバートはヘザーのほうへむきなおりました。その顔には、本当にやんちゃなことをやってやろうという表情《ひょうじょう》が、浮《う》かんでいました。「調べてみようか？」ロバートは手をさしのべました。

ヘザーは自分でもびっくりしたのですが、お母さんがときどきいうように、きびしく「いけません！」とさけんでいました。

でも、まにあいませんでした。

5 『あらそいの間《ま》』の大騒《おおさわ》ぎ

ふつうの世界のはしっこが、ヘザーの目の前をとおりすぎて、不思議《ふしぎ》の世界がひろがりました。『あらそいの間《ま》』じゅうで、肖像画《しょうぞうが》のガラスが窓《まど》のように、さっと開きました。最初に額縁《がくぶち》から身を乗りだしたのは、裁判官《さいばんかん》のかつらをかぶった男の人でした。

「なんてことだ！」顔の長い、意地悪《いじわる》そうな感じのその人は、さもいやでたまらないといったふうにいいました。「この部屋は、くさいフランシー家《け》の者どもでいっぱいじゃ！」

むかいの肖像画の、太った公爵夫人《こうしゃくふじん》は怒《いか》りくるって、ダイヤモンドの指《ゆび》

83　『あらそいの間』の大騒ぎ

輪《わ》をはめた、にぎりこぶしをふりあげました。「あなたはわいろをとったじゃありませんか、ジョージ・トラー！」夫人は金切《かなき》り声をあげました。「あなたみたいに欲《よく》ばりで、わいろを払《はら》えないかわいそうな人をたくさん死刑《しけい》にした裁判官《さいばんかん》はいないわ！」

これをきっかけに、ほかの肖像画《しょうぞうが》の中の人たちも、額縁《がくぶち》から身を乗りだして、おたがいに失礼な言葉をさけび立てました。

「朝ご飯《はん》前に飲《の》んだくれて！」ヘザーの横の人がさけぶと、ロバートの横の人がどなりました「おくさんは、小娘《こむすめ》みたいにめかしこんだばあさんですな！」

ロバートは首をかしげて、みんながこんなにいがみあっている原因《げんいん》をさぐろうと、耳をそばだてましたが、あんまりうるさくて聞き取れませんでした。

そのうちに、太った公爵夫人《こうしゃくふじん》がとても腹が立ったので、太い足をつきだし、額縁《がくぶち》からおりて、ジョージ・トラー裁判官《さいばんかん》のところへいこうとしました。ちょうどその時、お母さんが見物客《けんぶつきゃく》の一団《だん》をつれて、『あらそいの間《ま》』のむこうの入り口からはいってきました。

「ここが『あらそいの間《ま》』と呼《よ》ばれているところです」お母さんは説明《せつめい》をはじめましたが、息《いき》をのんで、口をつぐみました。公爵夫人《こうしゃくふじん》がもう片方《かたほう》の足も額縁《がくぶち》からつきだし、どすんと床《ゆか》におりたので、部屋じゅうのガラスがびりびりとゆれたのです。

「さあ、あやまりなさい、ジョージ・トラー！」公爵夫人はさけびました。

お母さんのうしろでは、見物客《けんぶつきゃく》がみんなつめかけて、公爵夫人を見つめていました。なんだかおもしろい見世物《みせもの》だ、と思っているようでした。

ロバートがこれを見て、くすくすとわらいだしました。「あの人たちはなんだい？　びっくりしてるよ！　羊みたいじゃないか！」ロバートは手をさしのべました。あんまりわらっているので、もう片方の手で、手首をささえなくてはなりませんでした。

「だめ、やめて！」ヘザーはいいましたが、今度も、まにあいませんでした。

『あらそいの間』はとつぜん、羊でいっぱいになりました。そのうえ、昔《むかし》の

フランシー家《け》とトラー家の人たちがみんな、けんかを続けようと額縁《がくぶち》から飛び出してきました。赤の礼服《れいふく》や黒のコート、青いしゅすのドレス、ししゅうをしたチョッキ、胴《どう》をしめつけているコルセットのきしむ音をさせながら、大きくふくらんできぬずれの音をたてるスカート、という格好《かっこう》の人たちの間を、羊が走りまわり、メエーメエーと鳴き立てました。それぞれの人が、肖像画《しょうぞうが》の中から、武器《ぶき》として使えそうなものをつかんで、でてきていました。ある何人かは都合《つごう》よく、ステッキやムチや日傘《ひがさ》を描《か》いてもらっていました。ある男の人は剣《けん》まで持っていましたが、その剣は、目にはいる人をだれかれかまわず、大きな本でなぐりつけている小柄《こがら》な男の人にたたきおとされてしまいました。あとの人たちは扇《おうぎ》やししゅうの台、巻《ま》いた羊皮紙《ようひし》や絹《きぬ》のバッグでなぐりあっていました。帽子《ぼうし》がふっとび、かつらがよこっとびにたたき落とされました。

このさわぎのまっただなかに、お母さんは羊飼《ひつじか》いの杖《つえ》を手にしてつったっていました。トラー家とフランシー家の人たちの怒《いか》りで赤くなった顔から、

メエーメエーと走りまわっている羊に目をやっては、ヘザーがいままで見たこともないほど、うろたえていました。

「かわいそうなお母さん！　ロバート、たったいま、やめてちょうだい！」

ところがロバートは、大笑《おおわら》いしながら『肖像《しょうぞう》の間《ま》』を走り去るところでした。ヘザーはロバートを追《お》いかけました。ロバートはそんなに速くは走っていませんでした。身をよじってわらっていたからです。でも身をかわして逃《に》げるのはじょうずでした。わらうのをやめてヘザーにつかまりそうになるたびに、ひらりとすりぬけるか、ヘザーの目の前で世界のはしっこがかすかにうごくのです。ロバートが魔法《まほう》で逃げていると、ヘザーにはわかりました。いらいらさせられるのですが、ヘザーも一、二度わらいだしそうになりました。ロバートはゲームを楽しむように、このさわぎをゆかいに思っているのです。ヘザーは年相応《としそうおう》に物事《ものごと》をわきまえた青年ではなく、小さな男の子を追いかけているみたいな気がしました。

『肖像の間』のはしまできて、やっとロバートはヘザーが追いつくのを待《ま》ってくれました。そのころには羊もこの部屋まではいってきて、小さなひずめでよたよたしながら、人間に近い声で「メエー!」と鳴いていました。みがきあげられた床《ゆか》に、羊のふんが散《ち》らばったので、『あらそいの間《ま》』からあふれでた、はなやかな衣装《いしょう》のトラー家《け》とフランシー家の人たちは、相手《あいて》をなぐろうとすると、しょっちゅうつるりとすべりました。太った公爵夫人《こうしゃくふじん》がすべって、サー・フランシス・トラーとエリザベス一世《せい》の絵の前で、あおむけにひっくりかえりました。公爵夫人はそのままの格好《かっこう》で、あえぎながら鼻血《はなぢ》をレースのハンカチでぬぐっていました。お母さんは公爵夫人の横に立って、羊飼《ひつじか》いの杖《つえ》を持ったまま、おろおろしてあたりを見まわしていました。

ヘザーはロバートの黒い絹服《きぬふく》の肩《かた》をつかんで、ゆさぶりました。ロバートのぱりっとした白衿《しろえり》がしわくちゃになりましたが、ヘザーは気にしませんでした。ロバートのお姉《ねえ》さんになったような気がしました。

「やめさせて! もとにもどしてよ! いそいで! お母さんが気がくるってしまうわ!」

91　『あらそいの間』の大騒ぎ

「だけどきみだって、見物客《けんぶつきゃく》が羊になればいいって思っただろう。ぼくは知っているよ」ロバートはいいました。

ヘザーもそれはしかたなく認《みと》めました。「そうよ、でも本当は人間だってわかってるわ。あの人たちも自分は気がくるったと思うかもしれない。もとにもどして」

「いまかい？」ロバートは、いかにも残念《ざんねん》だというように、とっておきの笑《え》顔《がお》でヘザーにわらいかけました。「日が沈《しず》むまでには、ぜんぶもとどおりになるよ。それまで待《ま》てないかい？」

「だめ！　今ごろはとても日が長いのよ。たったいま、もとどおりにして。そうしないと、二度とあなたと口きかないわ！」

これはヘザーが、ジャニーンにしょっちゅういっているせりふでした。もちろん本気ではないけれど、それしか思い浮《う》かばなかったのです。ところが、あんまり効《き》き目があったので、ヘザーはびっくりしました。ロバートの大きく見ひらいた目に、悲《かな》しみの色がただよいました。

「二度と？」ロバートはいいました。

「二度とよ！」ヘザーは、『肖像《しょうぞう》の間《ま》』の鳴き声やさけび声にまけないように、ここぞとばかり大声をだしました。

「それじゃあ、ぼくはまたあと百年、おさらばだ」ロバートはさびしそうにいいました。「わかった。もとどおりにする。だから約束《やくそく》してくれ。いままた口をきいてくれるし、明日もだって」

「もちろん、約束するわ」

ロバートはにっこりして、ため息《いき》をつくと手をのばしました。今度はロバートが、いつもと反対の方向に手をうごかしたのに、ヘザーは気づきました。ヘザーのまわりで、すべてがもとどおりにむかってゆれうごきました。羊たちは立ちあがって、また人間になりました。なんだか見たくもないものを見てしまったように、大きく見ひらいているけれど、とりすました目つきをして、『肖像の間』をうろうろしています。ひとりふたりは、足を持ちあげて、どうして羊のふんなんかふみつけてしまったんだろうと、腹を立てています。

ヘザーは太った公爵夫人《こうしゃくふじん》をさがしましたが、どこにも見つかりませんでした。トラー家《け》の人たちも、フランシー家の人たちもいませんでした。床《ゆか》にたたき落とされたかつらや帽子《ぼうし》も、なくなっていました。

「みんな絵の中にもどったの?」

「そう、まちがいなく」ロバートはいいました。

「あなたの手、反対むきにのばすとどうなるの? それでも、いろんなものをうごかせるの?」

ロバートは自分の手をうしろにかくしました。「見せてっていわないでほしいな。兄さんのおくさんがぼくを憎《にく》みはじめたのは、それなんだから」

ヘザーは見せてと頼《たの》みませんでした。かわりにお母さんがどうしているか心配で、見にいきました。羊のふんのほかに、ロバートが忘《わす》れたようなのは、羊飼《ひつじか》いの杖《つえ》でした。まだ見物客《けんぶつきゃく》を羊だと思っていることを、見せつけたかったのかもしれません。あるいは親切心からそうしたのか、お母さんはまだその杖を持っていて、ぐったりと杖によりかかっていました。一方、見物客のほうは、羊だったことをだんだんに忘《わす》れて、もっと説明《せつめい》を聞こうと、お母さんのまわりに集まっていました。

「ここは『肖像《しょうぞう》の間《ま》』でございます」お母さんの声はいくらかよわよわしく聞こえましたが、サー・フランシスが当時、とてもはやっていたので、こういった回廊《かいろう》を作った様子を説明しながら、だんだん元気をとりもどしていくようでした。

「あのお母さんの説明は正しいよ」ロバートはヘザーにいいました。「羊のあとをしばらくついていこうか？　ぼくよりあとの家族と、館《やかた》の歴史《れきし》を知りたい」

ヘザーには願《ねが》ってもないことでした。そうすれば、お母さんとロバートの両方を見張《みは》っていられます。それに、お父さんに出会わなくてすむのも確かです。見物《けんぶつ》のグループはつぎつぎと出発して、おたがいに顔をあわすことは、ぜったいにありませんでした。お父さんはお母さんの前か、うしろのグループにいるはずです。ヘザーはまだ、お父さんに会いたくありませんでした。

お父さんはするどい勘《かん》をしているし、常識《じょうしき》もゆたかです。ロバートに会った時、お父さんには信じてもらわなければなりませんが、それにはまず、考えておかなければならないことが、たくさんありました。

羊だった人たちが、お母さんの説明《せつめい》を聞いているあとをついていきながら、ヘザーはあれこれいっしょうけんめいに考えました。そのあいだもロバートを油断《ゆだん》なく見張《みは》って、すこしでもロバートが手をさしのべる様子《ようす》が見えたら、手首をつかもうと注意をおこたりませんでした。お母さんのことも心配で、ずっと様子を見守っていました。『大広間《おおひろま》』まで来たころには、お母さんは『肖像の間《しょうぞうのま》』で羊をまきこんだおおさわぎがあったことを、すっかり忘《わす》れたみたいに、中国風の飾《かざ》りつけについて新しい流行を説明していたので、ヘザーは安心しました。ロバートもまた魔法《まほう》をつかおうとはしなかったので、たすかりました。でもこれからロバートをどうすればいいのか、なんの考えも浮《う》かびませんでした。

みんながお母さんのあとについて、レディー・メアリーの音楽室へぞろぞろとはいっていくと、ロバートは「つまらないね」とつぶやきました。「物《もの》見《み》の塔《とう》へいって、きみのお父さんをさがそう」

「いいわ」ヘザーはむしろほっとしていいました。塔なら、おそらくだれにも会わないですむでしょう。お父さんがいないのはほぼ確かです。とにかくあそこへいってみるべきだわ、とヘザーは思いました。

ふたりはグループのうしろからぬけでました。ヘザーはロバートを、塔へつながる長い通路へつれていきました。ほかの人に会う心配はありません。ヘザーはとちゅう、言葉に気をつけながらいいました。「わたし、考えたんたけど、お父さんに会ったらあなたが話す前に、わたしが話したほうがいいと思うの。わたしなら、どうやってお父さんの相手をすればいいか知っているから。あなたは姿《すがた》を見せないほうがいいわ。塔のてっぺんならかくれていられるし」

「あそこならいい」ロバートも賛成しました。「きみのお父さんは魔法使《まほうつか》いが、大嫌《だいきら》いなのかい？」

「というより、魔法《まほう》なんて信じないタイプなの」

ロバートはにっこりしました。それを見て、ヘザーはいくらか心配がうすらぎました。

「そういう人たちはいたよ、昔《むかし》だって」ロバートはいいました。

「なにか食べるものと、毛布《もうふ》をもってくるわ」それしか方法はないとヘザーは思いました。ロバートをかくしておいて、なにかよい方法を考えだせばいいのです。

「食べるものなら大歓迎《だいかんげい》さ」ロバートはいいました。

ふたりはけたたましい音をたてながら、うらの階段《かいだん》をおりて、古い館《やかた》の一部だった円形の部屋へはいりました。ヘザーはロバートをいそがせて、塔《とう》へあがる階段のところへいきました。ヘザーが階段に張《は》ってある赤いロープをはずそうと手をかけた時、お父さんが部屋のむこう側の入り口から、いそいではいってきました。

「あら、お父さん」ヘザーはぎごちなくいいました。

「やあ、ヘザー」お父さんはいいました。「お友だちを塔《とう》へあがらせてはいけないよ。もうすぐおしまいの時間だ」

「えっ、そう？」ヘザーはびっくりしました。今日は時間のたつのが早すぎます。

「お友だちをがっかりさせてわるいな。だけどふたりをとじこめたくないからね。あと十分ぐらいしたら鍵《かぎ》をかけるよ」

お父さんがしゃべっているあいだに、ヘザーは目のはじで、ロバートの手がのびて左右にうごくのを、見たような気がしました。そのあとはいくら横目を使ってみても、見えるのは白いしっくい壁《かべ》だけでした。「友だちって、どの？」とはいいましたが、心の中では必死になってさけんでいました。

「ロバートはどこ？　いったいなにをやったの？」

お父さんはなんにもない壁を見て、目をぱちくりとさせました。「こりゃ変だな！　確かに、おまえといっしょに友だちがいたはずだ。ジェームズ一世《せい》時代の人みたいな格好《かっこう》で、あれっと思ったんだが。ま、いい、とにかく晩《ばん》ご飯《はん》ももうすぐだよ、ヘザー」お父さんはいそいで出ていきました。

お父さんの姿《すがた》が見えなくなったとたん、ヘザーは赤いロープをはずして、塔《とう》の階段《かいだん》をどんどんかけのぼっていきました。てっぺんに着くと、ほっとして、へなへなとすわりこみました。ロバートはヘザーのお気にいりの場所にすわり、両手でひざをだいて、沈《しず》みはじめた夕日に照《て》らされて金色がかった緑色にかがやいている丘《おか》や林を、じっと見つめていました。

「お父さんと話した？」

「あの、まだよ。お父さんはいそいでたの」

「お父さんと話せるように、きみをひとりにしてあげたんだよ」ロバートはとがめるようにいいました。「約束《やくそく》の食べ物は？」

「すぐよ。でもわたしが取りにいってるあいだ、ここにいるって約束して。もう二度と、あんなふうに消《き》えたりしないでちょうだい！　心臓《しんぞう》がとまるかと思ったわ！」

6　おいたちの秘密《ひみつ》

ヘザーは塔《とう》の階段《かいだん》を飛んでおりました。あとたった十分しかないうえに、ロバートがそれ以上あそこでじっとしていてくれるかどうか、信用できません。古い台所をかけぬけ、新しい小さな台所にはいると、冷蔵庫をあけました。ああ、もう。あるのはかんづめのハムと、晩《ばん》ご飯《はん》の材料だけでした。ヘザーはハムとパンの残りをかき集めると、ミムズおばさんが店じまいをする前に、売店まで飛んでいきました。

ミムズおばさんは、どうもどこか変だなという顔つきで、片《かた》づけをしていました。「なんだかおかしいのよ、今日は」ミムズおばさんはいいました。

「まったくわけがわからないわ！　まずね、お客《きゃく》さんの半分が、お昼《ひる》なかばで帰ってしまったの。いつもならアイスクリームや缶入《かんい》りソーダを買いにやってくる時間なのに。ひどい売り上げだわ」

「あら、まあ」ヘザーはすまなく思いました。「そんなにひどかったの？」

「まずまずですよ」ミムズおばさんは元気よくいいました。「朝はよかったのよ。それにおじさんがいうには、ほとんどのお客さんは切符《きっぷ》を買ってくれたのに、使わなかったんですって。みんなどうしたのかしらね」

「なんかこわいことでもあったと思う？」ヘザーはさぐりをいれながら、ビスケットを二箱《ふたはこ》とピーナッツ一袋《ひとふくろ》を手にとりました。

「ありうるわね」ミムズおばさんはいいました。「林の中で、はだかの男の子たちが寝巻姿《ねまきすがた》の女の子を追《お》いかけているって、しょっちゅう苦情をいわれたそうよ。わたしにいった人もいてね、このメイン館《かん》にかぎって、そんなことはありませんって、いってやったけど、あなたのお父さんにいいつけた人もいて、お父さんが調べにいかれたわ。なんにも見あたらなかったといっ

てらしたけど」

「たぶん、どこかの高校生がさわいでいただけよ」ヘザーは、ライ麦ビスケットとポップコーンにも、悪《わる》いなと思いながら手をのばしました。

「きっとそうですよ。それとも思いちがいですよ。あの新しい案内人《あんないにん》みたいにね。あの人、『肖像《しょうぞう》の間《ま》』の床《ゆか》じゅうに羊のふんが散《ち》らばっていた、ぜったいまちがいないって、お父さんにいったそうよ。羊だなんて！　ここらあたりじゃ、もう五十年も羊なんかいやしませんよ！　このつぎには、いたずらロバートと宝物《たからもの》やなんやかやが、墓《はか》からでてきたのを見たっていうんでしょ、といってやりましたよ」

ヘザーは顔がかっかしているのを感じました。まっ赤《か》になっているにちがいないと思いながら、「メイン館《かん》へようこそ」と書いてあるプラスチックのバッグを取ってかがみこみ、中に食料をおしこみました。「じゃあ、おばさんはいたずらロバートのこと、よく知っているの？」

「村の人たちが知っているのとかわりませんよ。ここにはまだ、わたしの人生の半分しか、住んでいませんからね。その話が知りたければ、お友だちのジャニーンに聞いてごらん。あそこのうちは、代々《だいだい》もう何百年もこのあたりに住んでいるから。ところで、ヘザー、どうしてそんなに食べ物を持っていくの？」

「冷蔵庫がからっぽで、お昼《ひる》もろくに食べなかったの」

「あんたもほかの人たちと同じぐらい、変ねえ！　あんたも信じられないと思うけど、ついさっき、マクマナスのおくさんから変な電話があったの。あのおくさんのこと、ちっとも好きじゃないんだけど、帰りにおじさんと二人でちょっと寄《よ》って、ようすを見てあげたほうがいいと思っているのよ。わたしには、あの人、気がちがったみたいに聞こえたけど。あ、あとコーラ一缶《ひとかん》、それ以上はだめですよ、ヘザー」

ヘザーはコーラのほかにカップケーキも一箱《ひとはこ》とると、バッグをしっかりかかえこんで、塔《とう》までひた走りました。ロバートがまだ同じ場所にいたので、ヘザーはほっとしました。ロバートは、夕日がそびえ立つ雲のあいだを丘《おか》へ沈《しず》んでいくのを、なつかしそうにながめていました。ヘザーが息《いき》をきらせながら階段《かいだん》のてっぺんまでくると、にっこりわらいかけて、外の景色《けしき》のほうへうなずいてみせました。

「この景色のどこも、もうメイン館《かん》の領地《りょうち》じゃないなんて聞きたくないけど、そうなんだろう？」

「いまは、建物《たてもの》だけ」ヘザーは息がきれて、それだけいうのがやっとでした。

ロバートは緑の景色へ手をさしのべました。ヘザーはあえぐことさえ、できなくなっているのに気がつきました。本当に心臓《しんぞう》がとまるかもしれないと思いました。

「ぼくの時代にはね」ロバートがいいました。「この塔《とう》のてっぺんから見える土地ぜんぶが、メイン館の領地だったんだ」ロバートは悲《かな》しそうに手をひっこめました。「ぼくのものにしても、いつまでもというわけにはいかない。きみが持ってきてくれるといった食べ物は？」

「これよ」ヘザーはあえぎながらいいました。今度はほっとして、息がとま

りそうだったのです。

ロバートはとてもうれしそうに、にっこりしました。「三百五十年分おなかがすいているからね。背中《せなか》とおなかがくっつきそうだよ」

ヘザーは食べ物のはいっているバッグをロバートにわたすと、すぐにおりていかなければなりませんでした。そうしないとお父さんが鍵《かぎ》をしめてまわる時に、この古い塔《とう》にとじこめられてしまったら大変です。ロバートは塔の中で、かえって安全でしょう。すくなくとも明日の朝までは、羊や犬に変えられてしまう人もここにはいないし、とヘザーは自分にいいきかせました。

問題は、自分でも本当にそうだとは信じていないことです。ロバートがその気になれば、鍵のかかったドアをやぶるのなんて、かんたんにきまっています。たとえ塔の中にいても、そこからだって、どんな魔法《まほう》だって、使えるでしょう。ヘザーがお父さんに話すまで、ロバートがあそこでじっとしていてくれるのを願《ねが》うより、しかたがありませんでした。ロバートはヘザーが、お父さんに話をしてくれると信じているようでした。そのことも、ヘザーをおちつかない気分にしていました。お父さんにどういったらいいのか、いまだに心を決めかねていたのです。

でも、とにかく今は、お母さんが心配でした。お母さんをさがすのに、しばらく時間がかかりました。やっと小さい台所で、お母さんが晩《ばん》ご飯《はん》のしたくにかかろうとしているのを見つけました。ヘザーは頼《たの》まれる前に、すぐお手伝いをはじめました。そうしていれば、お母さんのようすを見張《みは》っていられます。

お母さんはどこも悪《わる》くないように見えましたが、すみっこに立てかけてある羊飼《ひつじかい》の杖《つえ》に、しょっちゅう油断《ゆだん》のない視線《しせん》を走らせていました。ときどき「観光《かんこう》シーズンがはじまったばかりなのに、働きすぎというほどでもないわね。わたし、どこかぐあいが悪《わる》いのかしら」と頭をなやませているようでした。

ヘザーはそのたびにいそいで、でもはっきりと「とんでもない。お母さん、どこも悪くなんかないわよ」といってあげました。

「あなたってやさしいのね」お母さんはやっといいました。「大きくなって、思いやりのある子になってきたわねえ、ヘザー」

ヘザーはまた顔が熱くなるのを感じました。こんな思いをするのもロバートのせいです。ロバートのことを考えると、ヘザーは自分がお母さんになったみたいな気がしました。小さないたずら坊主《ぼうず》が、スーパーマーケットで食料品の山をひっくり返すので、代金を払《はら》うはめになったお母さんみたいです。気をまぎらわそうとして、ヘザーはいいました。「じゃがいもがもうほとんど煮《に》えたみたい。晩《ばん》ご飯《はん》まで、あとどれぐらい？　わたし、待《ま》てないわ」

それは本当のことでした。お昼《ひる》にサンドイッチひと切れだけでは、もうはらぺこでした。イチゴではおなかがいっぱいになりません。

「もうすぐよ。わたしも晩ご飯の時間って好きだわ。家族でくつろげるのは、この時間だけですものね。ベルを鳴らして、お父さんを呼《よ》んでちょうだい。わたしはお肉をもりつけるから」

晩ご飯が食卓《しょくたく》にならぶと、ヘザーはがつがつと食べました。まるでヘザー自身も三百五十年間、食べていなかった人みたいでした。でもお父さんにロバートのことを、話さなければならないのはわかっていました。そこで、すこし空腹《くうふく》がおさまると、ヘザーは「お父さん、メイン館《かん》の歴史《れきし》はぜんぶ知っているんでしょう?」と、話をきりだしました。

「かなり調べたね」お父さんはうなずきました。「どうして?」

「ロバート・トラーって人は知っている? 三百五十年ぐらい昔《むかし》の人よ」

それが合図《あいず》だったかのように、部屋がすこしかたむいて、食卓《しょくたく》の上のスプーンがカタカタと音をたてました。お母さんは手をおでこにやって、熱でもでたのかと考えています。ヘザーはびくっと飛びあがりました。一瞬《いっしゅん》、姿《すがた》は見えないけれど、ロバートがじっさいに部屋の中にいるのではと思いました。でも考えてみると、どこか遠くから、力がきている感じがありました。ロバートはまだ塔《とう》の中にいます。ぼくはここだよ、とヘザーに知らせているだけでした。ヘザーはお父さんを見ました。お父さんはなにも変わったことに気がついていないようでした。しかめつらをして、ヘザーのいったロ

バート・トラーがだれだか、思いだそうとしていました。

「サー・フランシス二世《せい》の、一番下の息子《むすこ》だったらしいわ」ヘザーはいいました。それはヘザーが見当《けんとう》をつけたことでした。ロバートはお兄さんがいたといっていました。

「ああ、あれか！」お父さんはちょっとわらいました。「おまえ、また例《れい》の宝物《たからもの》のことを考えているんだろう？　魔法《まほう》を使ったかどで処刑《しょけい》された青年のことだね？」

「処刑されたっ!?」ヘザーはびっくりしてさけびました。それではロバートは本当に死《し》んでいるのでしょうか？　自分でわかっているのでしょうか？

またすこし、部屋がかたむきました。こんろの上で、鍋《なべ》がカタコトとゆれました。おそろしいことはおそろしいのですが、ヘザーはむかむかしてきました。ロバートは、いろんな点で、まるで小さないたずら坊主《ぼうず》のようでした。お父さんに話をしているのに、どうしてじゃまするのでしょう？　ヘザーはいっしょうけんめいに、やっているではないですか、そうでしょう？

「それから？」ヘザーはお父さんにいいました。

「うむ。不思議《ふしぎ》な話なんだ。ロバートの父親のフランシス二世《せい》は、とても風《ふう》変《が》わりな女性に出会って、二番目の妻《つま》として迎《むか》えた。おそらくその女性は、ジプシーだったと思う。どこからやってきたのか、知る人もなかったようだし、男の子をひとり残して、すぐにいなくなってしまった。そしてロバートは、その母親からある特別の才能《さいのう》をうけついだらしい。記録によると、ロバートが幼《おさな》かったころ、ころんでけがをしたら、村じゅうの教会の鐘《かね》が鳴ったそうだ」

台所のすみから、かすかなベルの音が聞こえてきました。ヘザーは首のうしろがちくちくするのを感じて、ふりむきました。壁《かべ》にかかっている、フランシー家《け》の人たちが召使《めしつかい》をよぶ時に鳴らした小さなベルが、そろって前後にゆれていました。ロバートはまだ魔法《まほう》を使って、いたずらしているのです。

「まったくばかばかしい話だ」お父さんはいいました。「だがあの時代には、それだけで村じゅうの人が、魔法だとさわぎだすのにじゅうぶんだった。ロ

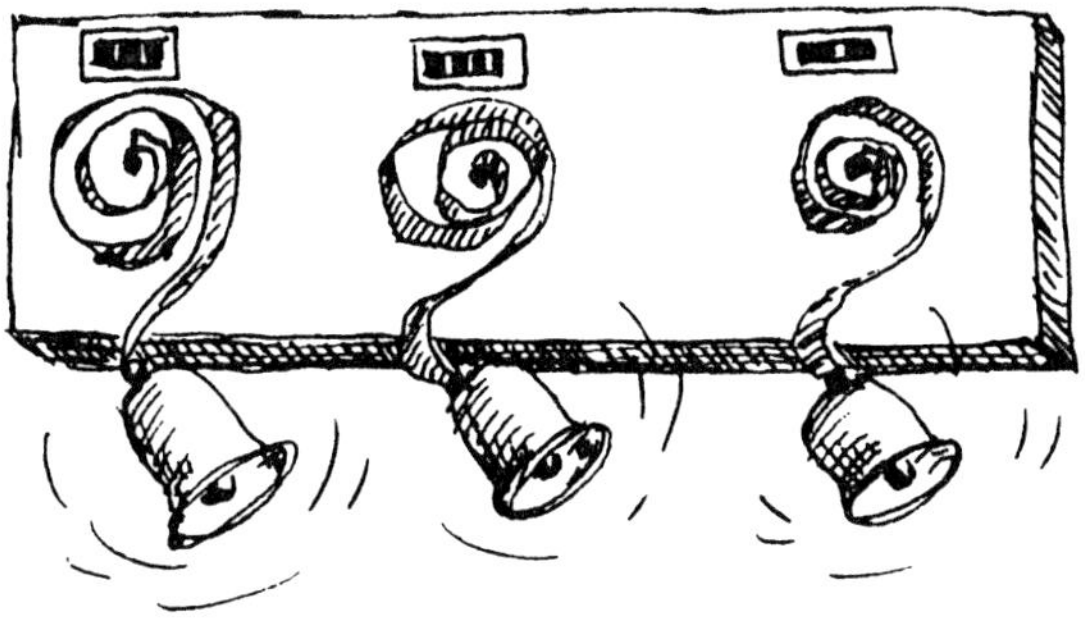

バートの父親はそんなうわさを気にもとめないで、その子のほしがるものはなんでも与えたし、ふたりの兄さんとちがうところがあるといわれても、耳を貸さなかったんだ」
「それで、いつも自分の思いどおりにしていたのね」ヘザーはつぶやきました。
ベルはまだ鳴っています。お母さんは塩入れが、ひとすじ塩をこぼしながら食卓《しょくたく》のはしへゆっくりころがっていくのを、じっと見つめています。「わたし、流感《りゅうかん》にやられたのかもしれないわ、それともなにかしら？」お母さんは不安そうにいいました。
「いいえ。お母さんにはちっとも悪《わる》いとこなんかないわ。わたしにはわかってる。ねえ、ロバートはとってもあまやかされて、わがままに育ったにちがいないわね。それから？」

お母さんは力なくわらいました。お父さんはいいました、「おそらくそうだろうね。父親がなくなって、長男のジェームズがメイン館《かん》を相続《そうぞく》すると、問題が起こった。ジェームズはイライザ・フランシーと結婚《けっこん》したが、イライザはとても信心深くて、若《わか》いロバートが大嫌《だいきら》いだった。村の人たちにロバートを、魔法使《まほうつか》いとして火あぶりにさせようとしたんだが、村人たちはロバートの仕返《しかえ》しをこわがって、やろうとしなかった。どうもロバートは、本当にイライザになにかやったようだな。つぎの朝、イライザが悲鳴《ひめい》をあげてとび起きて、ロバートが夜中じゅう自分を地獄《じごく》で苦しめたといったのだ

「てのひらを反対にしてね」ヘザーはいいました。「でも、そうされてもしかたなかったんだわ。それから？」

「そこでイライザはジェームズに、自分のおじにあたる司祭《しさい》をつれてこさせたんだ。記録《きろく》では、司祭がメイン館《かん》をきよめたと書いてある。どうやってき

よめたかは、記録にないが。ロバートが地中にうめられた、とだけ書いてある。知ってのとおり、魔法使《まほうつか》いは教会の墓地《ぼち》には、ほうむってもらえないんだ」

「じゃあ、司祭《しさい》がロバートを処刑《しょけい》した、とは書いてないんだ！」ヘザーはいいました。

「はっきりとはいっていないがね。死《し》んでいない人をうめたりはしないよ」

「でも、うめたんだわ！　かわいそうなロバート！」

ヘザーはたった三口で、デザートのプリンを食べてしまいました。ジャニーンなら知っているにちがいありません。塔《とう》の鍵《かぎ》は居間《いま》においてあって、電話の上の鍵掛《かぎか》けにかけてありました。「電話を使ってもいいかしら？」

7 日没《にちぼつ》

お父さんはめんくらいました。「電話？　ヘザー、この話は何百年も前のことだよ。いまの司祭《しさい》がなにか知っているとは思えないし、それに司祭はおいそがしいよ」

「司祭に電話するんじゃないわ。ジャニーンに電話したいの」

「それじゃあ、二十分以内にしてね。もうすぐ寝《ね》る時間だから。もうこんなに暗《くら》いわ」お母さんがいいました。

ヘザーはお母さんのは理屈《りくつ》にならない理屈だと知っていました。台所は日《にち》没《ぼっ》の方向からそれているから、晩《ばん》ご飯《はん》のころはいつだって暗いのです。でもお母さんは電話代を心配しているのです。とくに見物客《けんぶつきゃく》の少なかった一日のあとはそうでした。「すぐすむわ」ヘザーはしかたないと思って、約束《やくそく》しました。食卓《しょくたく》からいきおいよく立ちあがると、居間《いま》へいそぎました。居間では思ったとおり、夕焼《ゆうや》けの光がいっぱいさしていて、ジャニーンの番号をまわすヘザーの手を赤くそめました。

ジャニーンが電話にでてくると、ヘザーはいいました。「ジャニーン、いたずらロバートのこと知っていたら、どんなことでも教えて。とっても大事なことなの」

「ほとんどしゃべったわよ」ジャニーンはいいました。「お父さんとお母さんなら、もっと知っているかもしれないわ。聞いてほしい?」

「ええ、そうして」

ジャニーンはずいぶん長い間、電話口にもどってきませんでした。ヘザーは待《ま》ちながら、夕日が電話の上の鍵掛《かぎか》けにかけてある鍵を、だんだんこいあかね色にそめていくのをじっと見ていました。ちょっと考えてから、塔《とう》の鍵

をはずして、すぐ持っていけるようにしました。ジャニーンがすっかり教えてくれたら、ロバートを迎《むか》えにいって、台所へつれていかなければならないでしょう。それでロバートがもうあれ以上、魔法《まほう》でいたずらするのをやめさせられるし、お父さんとお母さんにはロバートが生きているのをわかってもらえます。いまはただ、ジャニーンがロバートを紹介《しょうかい》するたすけになることを、なにか教えてくれるように願《ねが》うしかありません。

「あのね」やっとジャニーンの声がしました。息《いき》をきらしているようでした。「時間かかっちゃってごめん。お母さんがとなりへいって、おばあちゃんに聞いたらっていったものだから。また、おばあちゃんはおしゃべりだからね。とにかく、そういうことで、わたしのせいじゃないのよ。おばあちゃんの話はこうなの。いたずらロバートのお父さんにはおくさんがいたけど、ほかの女の人を好きになったの。その人は、えーとそうね、おばあちゃんは妖精《ようせい》だといったわ」ジャニーンはそんな子どもっぽいことをいわなくてはならないので、とってもきまり悪《わる》げなようすでした。

「で、その人がいたずらロバートのお母さんなの。ロバートのお父さんは、おくさんがなくなったあと、その人と結婚《けっこん》して、そのときロバートは赤《あか》ん坊《ぼう》だったの。だけどおばあちゃんがいうには、ほかの家族はとても怒《おこ》って、新しいおくさんが大嫌《だいきら》いだったんですって。ひどいしうちをされたものだから、その人は逃《に》げだしちゃって、いたずらロバートをひとりぼっちでメイン館《かん》に残していったんだって。それからすぐに、ロバートはいろんな魔法《まほう》を使いだしたの。大きくなると、本を読んで勉強して、もっと魔法がつかえるようになって、ロバートのお父さんはとても、とてもロバートを自慢《じまん》していたそうよ。だけどひとつ問題は――」ジャニーンはまた、きまり悪《わる》げにだまってしまいました。

「つづけて!」ヘザーはいいました。

「ロバートは半分だけ、お母さんからうけついだわけでしょう。で、ずっと魔法が使えるわけじゃなくて、使えるのは昼間《ひるま》だけなの。ほかの家族もそれを知っていたわけ。そこでお父さんがなくなって、お兄さんたちがいたずらロバートを追《お》いだそうとした時、暗《くら》くなるまで待《ま》ったんだって。みんなはロバートの心臓《しんぞう》を切りとって、ロバートのさわれない銀《ぎん》の箱《はこ》に入れて、いっしょにあの築山《つきやま》にうめたの」

「なんてひどい！」ヘザーはいいました。ロバートが心の傷《きず》をかくそうとしているあの悲《かな》しそうなまなざしは、そのせいだったのです。きっとお兄さんたちを大好きで、信頼《しんらい》していたにちがいありません。

「あの時代って、みんなひどいことを平気でしていたのよ」ジャニーンはいいました。

「それでぜんぶ？」

「まだよ。もうすこし続きがあるわ」ジャニーンはまた、もじもじしながらいいました。「ロバートはお母さんのせいで、あの、お母さんがああいう人だったせいで、本当には死《し》ねないんだって。築山のそばでロバートの名前を呼《よ》ぶと、とくにお昼《ひる》ごろだったりすると、いたずらロバートが返事をしてでてくるそうよ。おばあちゃんによると、ずいぶんたくさんの人が、ロバートを呼《よ》びだして、でてきたらあとも見ずに逃《に》げだしたらしいわ」

「わあ、そう」ヘザーはいいました。

ロバートは前にもでてきたことがあったのです。そのことを、覚《おぼ》えていないようなのは変です。でも考えてみれば、半分生きてはいても、ほとんどの時間は半分死《し》んでいるわけです。でてくるたびに、ロバートにとってはすべてが新しいはずでした。新しい時代になって、大好きだった人たちが自分を殺《ころ》そうとした思い出が、新しくよみがえるわけです。ヘザーがロバートの立場になってみると、ロバートの半分ほども、さりげなくふるまえるでしょうか。ちょっとした魔法《まほう》をかけるだけではすまないでしょう。この館《やかた》を、めちゃめちゃにしたくなるかもしれません。そう考えてみると、あまやかされてはいるけれど、ロバートが本当はとてもいい人間だということがはっきりします。

ジャニーンはヘザーが話を聞いて、混乱《こんらん》していると思ったにちがいありませんでした。「だけど、だいじょうぶよ」となだめるようにいいました。「本当のおばけの話じゃないの。ロバートの力は日が暮《く》れると消《き》えるから。おばあちゃんが、ロバートは日が沈《しず》んだら、すぐに築山《つきやま》の心臓《しんぞう》のところへ帰っていかなくちゃならないといってたわ」

「ほんとう？」ヘザーは窓《まど》からさしこむ、こいあかね色の光がかたむいていくのを見て、あせりました。

「ぜったい確かよ。みんなが宝物《たからもの》っていうのは、それなの。心臓がはいった銀《ぎん》の箱《はこ》よ」ジャニーンはいいました。

「ごめんね、ジャニーン。わたし、もういかなくちゃ。いますぐ塔《とう》へいかないといけないの。自転車がなおったら、遊《あそ》びにいくからね」

ヘザーはいそいで電話をおくと、台所へもどりました。ロバートがもっと魔法《まほう》を使っているにちがいありません。だれかがのどをしめつけられているような泣《な》き声や、あわれっぽい泣き声が聞こえていました。ヘザーはロバートが、お母さんを本当に病気にしてしまったのではと心配でした。

でも、その声は大きなぶち犬のものでした。マクマナスのおくさんが、大木のようにでんとつったっていました。ちょうど裏口《うらぐち》のところに立っているので、これでは塔《とう》へあがれません。おくさんは犬の首にまいたロープをにぎりしめ、犬はロープからぬけでようと、もがきつづけていました。

「そしたら、この犬がお昼《ひる》もすぎたころ、どっかからやってきたんです」マクマナスのおくさんはお父さんとお母さんに話していました。

ヘザーは犬のぶちのある顔をながめました。犬はこいつめ、というようにヘザーをにらみかえしました。

「で、家のまわりをぐるぐる、ぐるぐるまわって、ドアを前足でひっかいてはいろうとするんです。村のもんはだれひとり、こんな犬は知りません。お客《きゃく》のだれかがうちの亭主《ていしゅ》を誘拐《ゆうかい》して、かわりにこの犬、残したんじゃないかと思ったりしてるんです」

「そうですかねえ。おたくのご主人を今朝《けさ》から見かけていないのは確かですが誘拐犯人《ゆうかいはんにん》が犬を残していくというのも——おや、ヘザー、どこへいくんだい？」お父さんがいいました。

「忘《わす》れ物をしたの、塔《とう》の階段《かいだん》に」ヘザーは鍵《かぎ》をふって見せて、犬と反対側から、マクマナスのおくさんの横をすりぬけようとしました。

「いけません、ヘザー」お母さんがいいました。「寝《ね》る時間です」お母さんはヘザーの腕《うで》をしっかりつかまえました。

「お願《ねが》いだから!」ヘザーはもがきながら、いいました。

「お母さんのいうことを聞きなさい」とお父さんがいいました。

お父さんがそういった時、ちょうど日が沈《しず》んだにちがいありません。マクマナスのおくさんが、さけび声をあげました。気がつくとおくさんは、マクマナスさんの首に、ロープをかけてつかまえていたのです。マクマナスさんは立ちあがるとロープをもぎとり、犬だった時と同じへつらうような、怒《おこ》っているような目つきで、ヘザーをにらみつけました。ヘザーはマクマナスさんとは一生、敵同士《てきどうし》だとさとりました。でも前からそうでした。そんなことより、ヘザーはおそってきた悲《かな》しみで、マクマナスさんのことなどかまっていられませんでした。

「どういうことか、わかりませんな」お父さんがいいました。

今年最高にひかえめな表現だわ、お父さん！　ヘザーは思いました。

「なんてこった！　あたしゃ、頭が変になってきた！　亭主《ていしゅ》を犬みたいにロープでひっぱるなんて！」マクマナスのおくさんは、手近な台所いすにたおれこみました。マクマナスさんも、もうひとつのいすにどさっとすわると、怒《おこ》ったように首をこすっていました。お母さんはヘザーを寝《ね》かせようとしていたのを忘《わす》れて、いそいでお茶をわかしにいきました。

だれもなにをいったらいいのか、わからないようでした。やかんがわきだすまで、みんなぎごちなくだまっていました。そのあいだに、ヘザーは裏口《うらぐち》の外で、なにか音がするのを聞いたように思いました。びくびくおびえて、ささやきあっているような感じでした。なにかいわなくては、と思ったとたん、だれかがそっとドアをノックしました。

お父さんがドアをあけました。外には、つかれて青い顔をした高校生たちがいました。みんな髪《かみ》の毛がぼさぼさで、いく人かは、服《ふく》がやぶれていまし

た。そのせいでみんなとっても幼《おさな》く見えて、人をこわがらせるようなところは、まったくありませんでした。

「もうしわけありませんが」女の子のひとりが、ていねいにいいました。

「あかりが見えたものですから」男の子がいいました。

「あの、どうしたのかよくわからないのですが、わたしたちを乗せてきたバスに、おいていかれたんです。」べつの女の子がいいました。

「ぼくたち、時間がよくわからなかったんです」べつの男の子がつけくわえました。

「はいって、お茶を飲《の》んでいきなさい」ヘザーにあと八つ、紅茶茶碗《こうちゃちゃわん》をふやすようにいいつけてから、お父さんはいいました。「なんとかしてみましょう。だれか、親ごさんに電話できる人は？」

高校生たちはもじもじしながらはいってきて、家具《かぐ》にもたれて立っていました。マクマナスさんとおくさんは、高校生たちをにらみつけましたが、なんにもいいませんでした。ヘザーは塔《とう》の鍵《かぎ》を食卓《しょくたく》の上において、紅茶茶碗

をくばりましたが、だんだん悲《かな》しくてたまらなくなってきました。ジャニーンのおばあさんのいったことは、事実でした。いたずらロバートの力は、本当に日没《にちぼつ》でおわりました。もう築山《つきやま》にもどっているにちがいありません。これで問題がすべて解決《かいけつ》したとみとめなくてはなりませんが、ヘザーはそうでなかったほうがよかった、と思えてなりませんでした。これではあまりにロバートがかわいそうな気がしました。

高校生たちが家へ電話をかけに、お父さんと居間《いま》へぞろぞろとでていき、お母さんがやっとヘザーに寝《ね》るようにいった時、ヘザーは思い出しました。いたずらロバートに明日また話しかけると、約束《やくそく》していました。ロバートにはわかっていたのです。日没には築山へもどらなければいけないことをちゃんと知っていて、ヘザーに約束《やくそく》させたのです。これでヘザーは、とっても気がらくになりました。ヘザーはにっこりしながら、古い館《やかた》のはしにある小さな子ども部屋へ、階段《かいだん》をのぼっていきました。ロバートはまったく、いたずらものです。明日はもっとロバートのことがわかるでしょう。お父さんとお

母さんに、なんとかロバートのことを説明《せつめい》できるでしょうし、ロバートにどうやっていまの人間らしくなれるか教えることもできます。

ヘザーはねむりにおちました。じつはいたずらロバートの心臓《しんぞう》だった宝《たから》物《もの》を、救《すく》いだす方法を考えながら……。

訳者あとがき

お話は楽しく、おもしろくなくてはという信念のもとに、すぐれたファンタジーを書き続けているダイアナ・ウィン・ジョーンズの二作目が、日本に紹介されました。悲しい生い立ちのいたずらロバートと友だちになって、ちょっぴりおとなになったヘザーの気持ちが、読者のみなさんにもわかっていただけたでしょうか。

イギリスはいまでも公爵《こうしゃく》や伯爵《はくしゃく》といった貴族がいる国です。広い領地を持ち、お城のような家に住んでいますが、この頃ではそういう大きな館を維持《いじ》していくのもなかなか大変なことが多く、一部を観光客に公開したり、持ち主が亡《な》くなると相続税のために売られて、ホテルになったりすることも多いのです。

トラストというのは、歴史的に由緒《ゆいしょ》ある建物や美しい自然を守るために、そういう建物を寄贈してもらったり、みんなでお金をだしあって土地を買い取ったりして、保存に努める団体です。正式にはナショナル・トラストと呼ばれ、一八九五年に三人の市民の話し合いから生まれました。一九〇七年にはナショナル・トラスト法という法律も制定されて、今では年に十九ポンドの会費を払う会員が一八六万人もいる大きな組織になっています。この運動は世界に広がって、日本でも一九六四年に鎌倉で始まってから、知床の原生林や和歌山県の天神崎の海岸を守るなど活発な運動が起こりました。

またイギリスは歴史の古い国ですが、この本の中にでてくるエリザベス一世は、一五五八年から一六〇三年までイギリスの女王でした。スペインの無敵艦隊をうちやぶり、詩や文学をさかんにし、エリザベス時代とよばれる時代を築いた名君です。

もしあなたがイギリスに行けたら、ぜひこういった古い歴史のある場所を訪ねてみてください。ひょっとしたら、メイン館を見つけだして、いたずらロバートに会えるかもしれません。

槇　朝子

作者紹介

ダイアナ・ウィン・ジョーンズ

一九三四年ロンドンに生まれる。オックスフォード大学卒業。三人の息子の母親となってから執筆活動を始め、一九七四年に「ウィルキンの歯」を発表してから、次つぎに本格的なファンタジーを世に送り出している。日本では一九七八年度のガーディアン賞を受賞した「魔女集会通り26番地」（偕成社）「大魔法使いクレストマンシーシリーズ」「ハウルの動く城シリーズ」（徳間書店）など、多数翻訳されている。

エンマ・チチェスター・クラーク

ロンドン生まれ。チェルシー・アート・スクール卒業後、英国王立芸術大学で、絵本作家のクェンティン・ブレイクに学ぶ。雑誌のイラスト、児童書のさし絵等で活躍中。一九八八年、マザーグース賞受賞。絵本に「とんでもきょうりゅう」（ほるぷ出版）「ポロとうさぎちゃん」（ポプラ社）「キスなんてごめんだよ！」（評論社）などがある。

訳者紹介

槇　朝子（まき　あさこ）

埼玉県生まれ。高校時代ＡＦＳにて米国留学。甲南女子大学英文学科卒業。ユニ・カレッジで翻訳を学ぶ。東京都多摩市在住。

翻訳に「あなたが生まれるまで」「語りかけ育児」（小学館）などがある。

〈普及版〉いたずらロバート

著者＝ダイアナ・ウィン・ジョーンズ
訳者＝槙 朝子
画家＝エンマ・チチェスター・クラーク

二〇十六年二月十二日 初版発行

発行所＝株式会社 復刊ドットコム
〒一〇五－〇〇一二 東京都港区芝大門二－二－一
ユニゾ芝大門二丁目ビル
TEL 〇三－六八〇〇－四四六〇
http://www.fukkan.com/

発行者＝左田野 渉

印刷・製本＝株式会社デジタル パブリッシングサービス

落丁・乱丁はお取替いたします。
定価はカバーに表示してあります。

ISBN978-4-8354-5315-6 C8097

Printed in Japan